SIM

THOMAS BERNHARD

Sim

Tradução do alemão
Sergio Tellaroli

Copyright © 1978 by Suhrkamp Verlag Frankfurt am Main
Todos os direitos reservados e controlados por Suhrkamp Verlag Berlin.

Grafia atualizada segundo o Acordo Ortográfico da Língua Portuguesa de 1990, que entrou em vigor no Brasil em 2009.

Título original
Ja

Capa
Victor Burton

Foto do autor
Johann Barth e Sepp Dreissinger

Preparação
Julia Bussius

Revisão
Clara Diament
Aminah Haman

Dados Internacionais de Catalogação na Publicação (CIP)
(Câmara Brasileira do Livro, SP, Brasil)

Bernhard, Thomas, 1931-1989
    Sim / Thomas Bernhard ; tradução Sergio Tellaroli. —
1ª ed. — São Paulo : Companhia das Letras, 2023.

    Título original: Ja.
    ISBN 978-85-359-3443-4

    1. Ficção austríaca I. Título.

23-148885   CDD-At833

Índice para catálogo sistemático:
1. Ficção : Literatura austríaca   At833
Eliane de Freitas Leite – Bibliotecária – CRB 8/8415

Todos os direitos desta edição reservados à
EDITORA SCHWARCZ S.A.
Rua Bandeira Paulista, 702, cj. 32
04532-002 — São Paulo — SP
Telefone: (11) 3707-3500
www.companhiadasletras.com.br
www.blogdacompanhia.com.br
facebook.com/companhiadasletras
instagram.com/companhiadasletras
twitter.com/cialetras

SIM

O suíço e sua *companheira* tinham acabado de chegar ao corretor de imóveis Moritz enquanto, pela primeira vez, eu tentava insinuar e mesmo esclarecer de forma científica a este último os sintomas de meu adoecimento emocional e intelectual, tinha, de fato, ido à casa do Moritz, provavelmente a pessoa de fato mais próxima de mim à época, para botar para fora sem qualquer escrúpulo minha existência interior não apenas enferma, mas já desfigurada em sua totalidade, uma existência com a qual ele até então havia tido contato apenas superficial, incapaz de irritá-lo e, portanto, de forma alguma de inquietá-lo; já, porém, a pronta brutalidade de meu experimento só podia *assustá-lo* e *atemorizá-lo*, uma vez que, naquela tarde, eu, de um momento para o outro, descobria e recobria por inteiro o que lhe ocultara ao longo de toda uma década de contato e amizade, coisas que eu de fato escondera dele o tempo todo com sutileza matemática crescente, trancafiando-as em e contra mim de forma incessante e inabalável, a fim de não possibilitar ao Moritz uma minúscula olhadela que fosse em minha existência, atemorizava-o muitíssimo, sem dúvida, mas de modo algum permitia que aquele seu temor detivesse o mecanismo de desvelamento que, com veemência e, naturalmente, também em razão do tempo ruim, eu pusera em marcha naquela tarde, na qual, como se não tivesse outra escolha, ia-lhe descobrindo pouco a pouco *tudo* o que me dizia respeito, *des*cobrindo tudo o que havia para descobrir, *re*cobrindo tudo quanto havia para *re*cobrir, diante de um Moritz absolutamente surpreendido e assaltado por uma emboscada armada em minha mente; ao longo de todo o episódio, eu, como sempre, estivera sentado no canto oposto às duas janelas, ao lado da porta do escritório, naquela que eu chamava *a sala dos fichários*, ao passo que o Moritz, vestindo seu sobretudo cinzento de inverno — estávamos já no final de outubro —, sentara-se bem defronte de mim, talvez já em estado de embriaguez, do que não pude certificar-me com precisão na escuridão que avançava; não tirara os olhos dele o tempo todo, como se, naquela tarde, depois de semanas sem fazer-lhe uma visita, depois de semanas sozinho comigo mesmo, o que significa contando apenas com minha própria cabeça e meu próprio corpo, concentrando-me de forma absoluta em *tudo o que me dizia respeito* por um tempo muito maior do que o que teria sido necessário para destruir-me os nervos, como se, pois, naquela tarde, decidido *a tudo* o que podia significar salvação para mim, eu tivesse saído de minha casa úmida, gelada e escura, atravessado a floresta densa e sombria e me lançado rumo ao Moritz como quem se lança a um sacrifício capaz de salvar-lhe a vida, e, aliás, conforme me propusera a fazer no caminho até a casa dele, disposto a não me deter em minhas revelações e, portanto, em minhas ofensas de fato inadmissíveis até alcançar um grau suportável de alívio, ou seja, até ter-lhe descoberto e recoberto tanto quanto possível da existência que lhe ocultara durante anos. De repente, no auge daquelas minhas tentativas de relaxar mente e corpo, por certo de todo inadmissíveis, ainda que desesperadas, passos fizeram-se ouvir na casa do Moritz, passos sem dúvida desconhecidos para mim, mas não para ele, que naturalmente era versado também em reconhecer passos só de ouvi-los e que ele, como ficou claro, logrou identificar *de pronto*, o que pude reconhecer de imediato por sua reação àqueles passos repentinos na entrada da casa, sua audição apurada sendo de resto a mais extraordinária e, naturalmente, muitíssimo bem-vinda para os negócios; sentado com as pernas cruzadas à minha frente, muito tranquilo e calado até ouvir aqueles passos na entrada, quando não *à espera* deles o tempo todo, como de súbito tive de pensar, o que apontava não apenas para *interessados* em imóveis, mas para possíveis *compradores* de fato, o Moritz saltou de pronto de sua poltrona almofadada em direção à porta para ouvir melhor, dizendo, não para mim, mas para si próprio *os suíços*, ao que, então, fez-se de repente um silêncio completo na casa; logo em seguida, *os suíços* adentraram o escritório, os primeiros seres humanos, à exceção do Moritz, com os quais eu falava depois de meses, e, com eles entrou também, no verdadeiro sentido da palavra, o alívio para meu estado emocional e intelectual, o alívio esperado, aguardado com o maior fervor, ainda que, naquela tarde, e sob todas as circunstâncias, sem dúvida arrancado, preparado por mim mediante minhas revelações sem qualquer reserva e, naturalmente graças a estas, as inevitáveis humilhações e desavergonhadas autoacusações diante do Moritz. Já nesse primeiro encontro com o suíço e sua companheira, que naturalmente não era suíça, e sim, conforme pensei, uma judia da Armênia, de forma alguma europeia, combinei com ela e na presença dele, de quem soube de imediato que não tinha tempo para tanto, um passeio pela floresta de lariços, e já não me lembro quantas caminhadas fiz com ela, mas íamos caminhar todo dia, e com frequência várias vezes por dia, de todo modo fui caminhar mais vezes e mais longamente com ela por essa época do que com qualquer outra pessoa, e com ninguém mais pude algum dia falar sobre tudo quanto é possível com maior intensidade e, portanto, com maior disposição para compreender, ou seja, com ninguém mais pude pensar sobre tudo quanto é possível com maior intensidade e, portanto, com maior disposição para compreender, jamais alguém havia me permitido contemplação tão profunda de *seu íntimo*, assim como a ninguém mais eu algum dia permitira contemplação mais profunda e inescrupulosa, e cada vez mais profunda e inescrupulosa, *de meu íntimo*. Enquanto o suíço circulava quase sem cessar pelas cidadezinhas ao redor em busca de guarnição para portas e janelas e de trincos, grades, parafusos e pregos, bem como de material isolante e de verniz marinho para sua casa de concreto já em construção atrás do cemitério, casa que ele próprio projetara, como fiquei sabendo naquele primeiro encontro com ele, razão pela qual quase nunca se podia encontrá-lo na hospedaria (onde os suíços se alojavam durante a construção), eu próprio, arrancado pelos dois muito de súbito e, como é provável, no momento decisivo para salvar minha vida de meu estado deprimente de desânimo, na verdade um estado já ameaçador no tocante a minha existência, de repente tinha na companheira do suíço — uma persa natural de Chiraz, como logo se revelou — uma pessoa inteiramente capaz de me regenerar, uma parceira, pois, inteiramente regeneradora de caminhada, de pensamento, de conversa e de filosofia, como eu já não tinha fazia muitos anos e que mal imaginava encontrar sobretudo numa mulher. Se ela, a persa, na presença do suíço, com quem, estava claro, vivia havia muitas décadas, mantinha-se quase sempre calada, como se se tratasse de um hábito de anos, quando não de décadas, e não que fosse lacônica, como muitas vezes é o caso nesses relacionamentos, na verdade permanecia quase o tempo todo muda — fora que, desde o momento em que a conheci, ela, que sempre me ficou na lembrança com a gola preta bem levantada do casaco de pele desgastado por anos de uso, tive a sensação de que, como tantas mulheres em sua situação e na sua idade, ela era obrigada a conviver com um medo interminável de se resfriar ou mesmo, de fato, inapelavelmente congelar, a sensação, pois, de que nunca mais lhe seria possível existir sem aquele casaco, sem aquele casaco de pele que, por um lado, a cobria e portanto protegia até os dedos dos pés e, por outro, até os cabelos no alto da cabeça, daí derivando minha impressão de que precisava se proteger o tempo inteiro da morte por congelamento —, se, pois, permanecia quase o tempo todo muda na presença dele, à parte o fato de que, quando se manifestava na presença do suíço era apenas para contradizer o companheiro, na ausência dele, por outro lado, e para minha grande surpresa, ela desenvolvia uma necessidade de falar, de resto explicável por toda aquela sua relação, como é provável, de longo antagonismo com o companheiro, e não era loquacidade, era uma necessidade de falar, como aquela que volta e meia, tão logo o parceiro se ausenta, se observa nas mulheres que vivem décadas com parceiros como aquele suíço, e ela então punha-se a falar. Para ela, o alemão era uma língua estrangeira, mas uma língua que ela dominava, assim como o inglês, o francês e o grego, línguas que falava da maneira mais agradável, jamais irritante de fato, e justamente por seu alemão falado ser o alemão falado de uma estrangeira e, ademais, uma estrangeira que, em última instância, não tinha sua pátria em parte alguma, em lugar nenhum do mundo, uma estrangeira que nascera na Pérsia, crescera em Moscou, frequentara universidades na

França e com o então namorado, hoje companheiro — segundo ela própria, *um engenheiro altamente qualificado e construtor de fama global de usinas de energia elétrica* —, tinha por fim viajado o mundo todo, era um alemão que tinha sobre mim o efeito de refrescar-me a audição e todo o meu estado de espírito, sensível precisamente a musicalidades assim, exóticas, corrigindo, regulando, pontuando e contrapontuando meu falar e meu pensar sobretudo pelo modo como ela falava e pensava, num encadeamento lógico que produzia a fala a partir do pensamento e o pensamento a partir da fala, como se o todo constituísse um processo matemático-filosófico e, portanto, um processo matemático-filosófico-musical coerente. Fazia meses que eu já me desacostumara a conversar com uma pessoa de maneira congruente com minhas faculdades intelectuais e, com o tempo, o convívio apenas com os moradores locais e, por fim, o contato solitário com o Moritz, que sem dúvida, ainda que não fosse um homem culto, exibia uma inteligência elevada e, em todos os aspectos, acima da média para seus padrões, só podiam me deprimir, de modo que eu já não tinha fazia muito tempo nenhuma esperança de encontrar uma pessoa com a qual pudesse manter uma conversa sem qualquer restrição, alguém que fosse capaz de melhorar minha capacidade de dialogar, isto é, de pensar; ao longo dos anos nos quais existira recolhido em minha casa e concentrado apenas em meu trabalho, no término de meus estudos científicos (sobre anticorpos), tinha perdido quase todo o contato com aqueles que, antes, em conversas e discussões, me haviam possibilitado confrontações, ou seja, confrontações intelectuais, de todas essas pessoas, eu, com meu mergulho cada vez mais rigoroso no trabalho científico, tinha me apartado, havia me afastado delas da forma mais perigosa, como de repente fui forçado a compreender, e, a partir de certo ponto, já não tinha forças para retomar todos aqueles vínculos necessários a meu intelecto, compreendera de súbito que, sem aqueles contatos, seria difícil seguir adiante, que dentro em breve nem conseguiria mais pensar, que logo já nem poderia existir, mas faltavam-me as forças para, por *iniciativa* de meu próprio intelecto, deter aquilo que, segundo eu já previra, iria me acontecer, o estiolamento de meu pensar em consequência daquele meu isolamento, deliberado e provocado, de todos os meus contatos intelectuais e, por fim, a completa desistência deles, de todo e qualquer contato além dos chamados locais, daqueles estritamente necessários para o atendimento puro e simples das necessidades mais prementes do existir em minha casa e em seu entorno imediato, e fazia já muitos anos que tinha desistido de escrever cartas, uma vez que, imerso por inteiro em minha ciência, deixara passar o momento em que ainda teria sido possível retomar os contatos e a correspondência abandonados, todas as minhas tentativas nesse sentido fracassavam sem cessar, porque, no fundo, se ainda não me faltavam forças, é provável que me faltasse, sim, por completo a vontade para fazê-lo, e embora eu houvesse de fato compreendido com clareza que o caminho tomado e pelo qual eu seguia havia anos não era o caminho correto, que só podia ser um caminho rumo ao isolamento total — isolamento não apenas de minha mente e, portanto, de meu pensar, mas também, na verdade, de todo o meu ser, de minha existência de resto sempre assustada com esse isolamento —, não tinha feito mais nada para corrigi-lo, seguira sempre avançando por ele, ainda que volta e meia horrorizado com sua lógica, com medo constante desse caminho do qual, no entanto, já não era capaz de recuar; bem cedo previra a catástrofe, mas não pude evitá-la, e ela de fato se instaurara bem antes de eu tê-la reconhecido como tal. Por um lado, a necessidade de se fechar em prol de seu trabalho científico é a primeiríssima de todas as necessidades de um homem do intelecto, mas, por outro, também o perigo é enorme de que esse fechamento ocorra de forma demasiado radical, uma forma que, em última instância, já não incide como fomentadora, como se pretendia, mas antes como inibidora ou mesmo aniquiladora desse mesmo trabalho intelectual, e, a partir de certo momento, esse meu fechar-me ao mundo à minha volta em prol de meu trabalho científico (sobre os anticorpos) passou a incidir justamente de forma aniquiladora sobre meu trabalho científico. Essa percepção, no entanto, como fui obrigado a reconhecer da maneira mais dolorosa em minha mente, sempre chega tarde demais, deixando para trás, quando muito, apenas a desesperança, isto é, a percepção direta do fato de que o novo estado devastador, seja para o intelecto, para os sentimentos ou, em última instância, para o próprio corpo, já não pode ser modificado, de forma alguma. Na verdade, antes do surgimento dos suíços, eu precisara existir meses em minha casa num estado de *apatia* em que, por um longo tempo, só a introspecção me era possível, não tinha nem como pensar em trabalho, e menos ainda no trabalho científico, meses, admito, em que acordava de manhã e já mergulhava naquela terrível introspecção, e apenas para me exaurir por completo nessa introspecção terrível. Sentia a necessidade constante de estar com as pessoas, mas já não tinha forças para tanto, o que significa que não tinha mais nenhuma possibilidade de estabelecer o menor contato e só esforçando-me ao máximo, empenhando intelecto e corpo, era-me possível, ao menos em certos momentos absolutamente necessários para minha existência, ir visitar o Moritz, sentar-me em sua casa por duas ou três horas, o que, no entanto, só fazia com grande dificuldade, sempre um ato de extrema abnegação. Um homem do intelecto, quando crê precisar concentrar-se num trabalho científico ou mesmo em qualquer trabalho intelectual, logo fica sem nenhum contato e, no que me diz respeito, acreditei que precisava abrir mão de todo e qualquer contato em prol de meu trabalho intelectual, fui me desvencilhando pouco a pouco de meus contatos e, com minha decisão de abrir mão de todos eles, acabei por ofender muitos, todos eles, o que, tendo em mente apenas o trabalho intelectual, sempre me foi indiferente, meu proceder na direção desse trabalho sempre foi o mais inescrupuloso, já muito cedo deixei de tolerar a menor perturbação ao trabalho intelectual, sempre, a vida toda, aliás, afastei de meu caminho tudo quanto atuava contra esse meu trabalho intelectual e, portanto, contra meu avanço nos estudos científicos, razão pela qual, natural e forçosamente, logo mergulhei por conta própria no isolamento e, no fim, acabei sozinho com meu trabalho intelectual e, portanto, com meus estudos científicos. Acreditara de fato ser capaz de ficar sozinho com meu trabalho científico, suportar pela vida toda estar *apenas* em companhia de meus estudos científicos e só por intermédio destes alcançar minha meta, o que pouco a pouco e muito de repente só podia revelar-se inviável e impossível, com toda a certeza. Sim, com efeito, acreditara poder existir só com meu trabalho, ou seja, com meu trabalho científico, sem mais ninguém, por muito, muito tempo, anos, talvez décadas, acreditei nisso, até o momento em que compreendi que nenhum ser humano pode existir sem outro ser humano, apenas com seu trabalho. No que me diz respeito, porém, eu já havia levado minha existência longe demais na direção do isolamento e precisei reconhecer que dali, onde me encontrava, já não tinha volta. Assim, a partir de certo momento, tudo que fiz foi resignar-me com essa impossibilidade. Nesse estado, existi anos em minha casa sem fazer nenhum progresso, porque tinha desistido de tudo e de todos. Durante anos, todos os meus esforços para sair dessa situação fracassavam já nas primeiras tentativas. Acordava já num enfado completo com a vida. Se, de manhã, punha em marcha alguma coisa, era apenas e sempre o mesmo mecanismo da incapacidade e do enfado em relação à vida, não havia mais como pensar no trabalho, por mínimo que fosse, o que só piorava o estado depressivo de um dia para o outro. Em vez de conseguir trabalhar, eu ficava sentado dias, semanas, meses diante de meus escritos, sem saber nem de longe o que fazer com eles. Acordava e sentia medo desses escritos, caminhava de um lado para outro pela casa, ora no piso de cima, ora no de baixo, para lá e para cá, e mergulhava cada vez mais em atividades inteiramente inúteis que só podiam afastar-me ainda mais do trabalho real, abusava dessas atividades e afazeres em si e por si sem sentido nenhum, valendo-me deles apenas como uma forma de distrair-me de meu trabalho intelectual, de meus estudos científicos e dos respectivos escritos, que, com o tempo, passei a temer de verdade e que, pouco a pouco, fui transportando para um quarto sob o telhado, onde os tranquei para não ter mais contato com eles. Só de olhar para os escritos me dava náuseas. Ou mesmo pensar neles. Fazia anos, fui obrigado a pensar comigo, que meus estudos científicos haviam estagnado, o momento exato em que isso aconteceu já não se deixa precisar, eu não tinha percebido esse momento, se tivesse percebido talvez tivesse sido possível esclarecê-lo para mim mesmo, analisar aquele meu estado, mas, por mais que tenha me empenhado, até hoje esse momento e todos os processos *ao longo dele* não estão claros para mim. Esclarecer um tal momento decisivo, analisar tudo que se relaciona com esse momento decisivo, é coisa que pode, talvez, nos salvar. Mas não tive essa possibilidade, porque não tive clareza sobre o momento em si. A ausência de contatos, isso eu sabia, havia sido minha catástrofe, tanto quanto antes eles haviam significado uma necessidade e uma felicidade para mim, o isolamento que me impusera em benefício de meu trabalho científico e que, nos primeiros anos de minha lida científica, tinha rendido tantos e tão valiosos resultados, possibilitando-me afinal os maiores progressos, significava para mim agora, fazia anos, a maior das infelicidades. Mas reconhecê-lo sem ser capaz de agir só tinha tornado minha situação ainda mais desesperançada. Quantas tentativas de contato haviam fracassado já de início. Todas aquelas ideias para estabelecer contatos, eu as sufocava em mim já no nascedouro. De fato, escrevera centenas de cartas a todas as pessoas possíveis e imagináveis, a fim de retomar o contato com elas, mas não postei nenhuma dessas cartas, enderecei-as todas, mas não as enviei, empilhei-as no mesmo quarto em que trancara meus estudos científicos. Eram, todas, cartas dirigidas a amigos, conhecidos, gente da ciência, solicitando contato. Eu as escrevera e, já ao escrever, compreendera a impossibilidade de postá-las, enviá-las, fazê-las chegar a seu destinatário. E assim passei anos escrevendo cartas e não as enviando, depositando-as, em vez disso, no quarto de meus estudos científicos. Quando a solidão não tem mais sentido e se torna de súbito improdutiva, é preciso acabar com ela, eu pensava volta e meia, mas não punha fim a ela, não conseguia dar um basta a minha solidão. Era constante meu desejo de estabelecer contatos, mas já não tinha forças para tanto, e, se não tinha forças nem para estabelecer contato com meu trabalho científico, como podia acreditar que seria capaz de estabelecer contato com pessoas? Essa ausência de contatos foi se transformando pouco a pouco numa doença do intelecto, a enfermidade que eu tentava explicar ao Moritz naquela tarde em que conheci os suíços na casa dele. Durante anos havia sido capaz de escondê-la do Moritz, mas de repente tinha de lhe contar, e é provável que justamente aquela tarde em que conheci os suíços tenha marcado o auge dessa minha doença da total ausência de contatos, o auge e, ao mesmo tempo, a salvação. O provável é que não a teria aguentado por mais tempo, não teria suportado nem sequer um dia a mais aquele estado que já paralisava tudo em mim e, ao que tudo indicava, teria me suicidado, posto fim à existência, porque já revelar ao Moritz minha enfermidade, falar-lhe sem cessar, o que, em última instância, não faria sentido, teria simples e necessariamente conduzido à destruição da minha existência. De fato, quanto mais eu falava àquele Moritz assaltado por minhas autoincriminações e revelações, tanto mais despropositadas pareciam a mim mesmo aquelas autoincriminações e revelações diante dele, de onde tirara aquela ideia, pensei comigo, de perturbar com minha franqueza uma pessoa que nem podia me entender, porque não compreendia nada em mim, pensei comigo enquanto não parava de lhe falar, falava sem cessar, a uma pessoa acerca da qual acreditara o tempo todo que compreendia o que eu dizia, mas que não o entendia nem minimamente, ao passo que eu deveria saber que abordar o Moritz da maneira como de súbito o abordara naquela tarde era uma completa idiotice, que não fazia sentido esperar alívio ou salvação pelo simples fato de me abrir com ele, e de o fazer de fato sem qualquer reserva. Como se, depois de horas acocorado pelos cômodos de minha casa, e como se, durante anos, tivesse se acumulado em mim grande volume de estrume intelectual, naquela tarde de repente atravessara a floresta rumo ao Moritz com o intuito de descarregar minha mente. Vejo ainda os rostos assustados de sua mulher, de sua mãe e também o do filho quando entrei na casa do Moritz, tudo em mim devia parecer *assustador*, ele subiu comigo de imediato para o escritório, no qual, sentado a sua mesa de trabalho, estivera se debruçando sobre documentos, uma garrafa de vinho a seu lado, pantufas de feltro nos pés. Não logrei esconder nem de sua família nem de mim mesmo minha agitação. De pronto, acomodei-me no canto em que sempre me sentava na casa do Moritz e entrei em cena, de fato empurrando-o à maneira de um assalto para o interior daquela minha situação pavorosa, na verdade nem me perguntara o que o faria me dar ouvidos. Naquele momento, tinha apenas aquele único ser humano a quem podia recorrer e, sempre que me via à época num tal estado de aflição, eu o explorava, e foi o que fiz naquela tarde. Já não podia, não devia ficar sozinho, caso não pretendesse sucumbir, caso não quisesse me aniquilar. Com efeito, a casa do Moritz havia sido para mim com tanta frequência a única salvação que eu já perdera a conta de quantas vezes assim fora, mas assim foi também naquela tarde.

Hoje, é-me possível descrever esse estado de certa distância, mas não teria sido assim duas ou três semanas atrás, dois ou três dias atrás. Assim como até hoje tampouco me vejo em condições de descrever aquele encontro com os suíços, e sobretudo com a persa, mas compreendo que descrevê-lo tornou-se uma necessidade, caso eu queira de fato fazer uma análise daquele momento em que estive muito perto de sucumbir. Muitas vezes disse a mim mesmo que não podia me consentir, que não podia me permitir correr até o Moritz em busca de alívio a cada desânimo ou desespero de minha parte, mas volta e meia não me atinha a essa conclusão. A hospitalidade em casa do Moritz era a maior possível, a natureza da sra. Moritz, da mãe do Moritz, e o modo como a família toda vivia eram para mim um ponto de fuga. Mesmo nas situações mais desesperadoras, eu sempre encontrara refúgio na casa do Moritz. Mas sempre me dizia que não podia explorar a benevolência daquela casa e suas possibilidades além de certo limite, e às vezes conseguia me controlar e não ir à casa dele. Na tarde em questão, porém, havia sido inevitável ir à casa do Moritz, depois de, como disse, eu ter passado semanas sem visitá-la, e é provável que os Moritz tenham ficado tanto mais *assustados* com meu estado ao entrar na casa porque, naturalmente, tinham visto o estado em que me encontrava. Eu próprio tinha a sensação de estar perdido e hoje já nem sei dizer como atravessei a floresta e cheguei à casa do Moritz. Muitas vezes em minha vida eu havia cruzado a fronteira da loucura e do desvario, mas, naquela tarde, acreditei que não conseguiria mais tomar o caminho de volta. Eu falava sem parar e, com aquele meu falatório ininterrupto, maltratava o Moritz da forma mais abjeta. Ele, no entanto, suportou aquilo tudo, como de resto costumava muitas vezes suportar vis maus-tratos verbais de minha parte, porque desde o começo nunca deixara de ter afeto por mim. Deixando-me falar, ele acreditava me acalmar, conhecia aquele processo todo. Na tarde em questão, porém, tudo aquilo foi com certeza muito pior, bem diferente do habitual, horas se passaram sem que eu me acalmasse. Em vez da calma que em geral acabava por se instalar, acreditei que, naquela tarde, se instalaria apenas a loucura completa. Naquele exato momento, porém, os passos na entrada da casa se fizeram ouvir, os suíços entraram e logo estavam no escritório. Se não tivessem entrado naquele momento na casa do Moritz e em seu escritório, é provável que eu tivesse enlouquecido naquela mesma tarde. De um momento para o outro, contudo, vi-me participando da conversa posta em marcha de imediato entre os suíços e o Moritz, na qual se falava apenas da compra do terreno pelos primeiros e na casa de concreto que já surgia ali, sobre a qual os suíços afirmavam que seria a última de uma série de casas em sua vida. Ao Moritz, o suíço falava a todo momento da possibilidade muito propícia de contrabandear verniz marinho da Suíça para a Áustria, do que pensava no tocante ao isolamento térmico de sua futura casa, de quantas trancas mandaria instalar nas janelas e portas e do motivo pelo qual encomendara gelosias de aço para as janelas que davam para a floresta e construíra ele próprio um sistema automático para a porta da garagem. Ela, sua companheira, e ele tinham viajado dois anos em vão pela Áustria à procura de um terreno para a casa e só quando já haviam desistido da busca tinham topado com o Moritz num anúncio no *Neue Zürcher Zeitung* e, assim, encontrado o terreno ideal. Para mim, era um enigma por que o Moritz, que sempre me *inteirava*, por assim dizer, de seus negócios, nunca tinha feito a menor menção dos suíços, precisamente aqueles estrangeiros surgidos de repente, ele haveria de pensar, ou assim pensei, seriam de interesse para mim, e o Moritz sem dúvida já tinha fechado o negócio do terreno com os suíços vários meses antes daquele meu encontro com eles, e, quando penso em como era inusual aquele negócio, mais incompreensível ainda é que o Moritz jamais tivesse se manifestado sobre os suíços, porque, afinal, o Moritz sempre conversava comigo em especial sobre aqueles negócios incomuns, sempre me *inteirava* de pronto de negócios inusuais, e claro estava que a compra do terreno pelos suíços tinha sido um negócio bastante incomum, uma vez que o suíço e sua companheira haviam comprado um daqueles terrenos atrás do cemitério que não encontravam comprador fazia toda uma década, porque sua localização era a mais desfavorável que se podia imaginar, e uma vez que o Moritz, a despeito dessa localização tão desfavorável, tinha vendido o terreno aos suíços por um preço bem alto; agora que eu ficara sabendo de qual terreno se tratara no caso dos suíços, só podia me lembrar das muitas, das centenas de tentativas do Moritz de vender aquele terreno, quantos interessados ele, a qualquer hora do dia e fosse qual fosse a estação do ano, não conduzira em vão através do cemitério e da floresta rumo àquele terreno. Tornava a me lembrar agora da afirmação dele, sempre repetida, de que todo terreno era vendável, por mais impossível que fosse, e mesmo de que tudo, cada coisa neste mundo, tinha um comprador, era sempre apenas uma questão de tempo até que esse comprador aparecesse. E os suíços tinham aparecido, provavelmente no verão, comprado o terreno e diziam ainda que, depois de uma busca de anos, era o terreno ideal para eles. O que pretendiam com aquele terreno estava claro, pelo menos quando os conheci, iam se estabelecer onde ninguém mais queria ou quer se estabelecer, várias vezes o suíço, brincando ou não, falara em *ocaso da vida*, uma expressão que ainda trago nos ouvidos, ouço-a com toda a clareza. Ele e sua companheira estavam cansados, disse, de trocar de casa a cada dois meses, tinha chegado a hora, para ele, o construtor de usinas de energia elétrica, de se fixar em definitivo num único lugar, e que aquele lugar fosse ali, e em nenhuma outra parte, para tanto tinha boas e fundadas razões. Os dois tinham pensado em tudo no tocante à localização. Era lógico, acrescentou o suíço, que a vida de ambos desembocasse ali. Ele só tinha ainda uma tarefa a concluir, uma usina de energia elétrica na Venezuela que, uma vez terminada, encerraria sua trajetória profissional. Duas ou três grandes viagens à América do Sul, disse, e, depois, sossego. Estava pensando numa horta não muito grande nem muito pequena em torno da nova casa, numa espreguiçadeira ao sol, num cachorro para vigiar a propriedade e num gato para fazer companhia a sua companheira. Como tinha problemas de estômago e o médico o proibira de comer carne, comeria legumes da própria horta, prosseguiu, o que seria saudável. Elogiou o ar naquele terreno, que na verdade comprara do Moritz a um preço indecente, de tão alto (mas isso ele não sabia), e declarava a todo momento a este último, o corretor de imóveis nato e, portanto, o negociador nato de terrenos, sua sincera gratidão. Enquanto os outros permaneciam calados, ele falava, esboçando ali, na sala dos fichários do Moritz e sem se irritar nem um pouco com o que quer que fosse ao fazê-lo, sua imagem do mundo, sua imagem suíça e honesta do mundo. Enquanto isso, a companheira o observava com atenção, mas também com tédio e ódio nos olhos, da mesma forma como o observara por anos a fio — ou, de todo modo, assim decerto acreditei. No Moritz, o suíço encontrara um ouvinte ideal, que aceitava tudo o que lhe contava e volta e meia o incentivava a um novo ímpeto em sua narrativa. Como convidados, fiquei sabendo, os suíços já haviam estado várias vezes na casa do Moritz e tinham se acostumado a, duas ou três vezes por semana, aparecer ali de tardezinha, o que lhes facilitava a estadia numa região que era nova para eles, eram sempre convidados a jantar, inclusive naquele princípio de noite, e a conversa, que começara no fim da tarde no escritório do Moritz, teve prosseguimento, a partir das sete horas, isto é, quando já estava escuro, na chamada sala de jantar do Moritz, no piso térreo, onde o suíço também tinha a palavra, ao passo que eu me continha numa postura absoluta de observador, só de vez em quando o Moritz me dirigia uma pergunta ou, quando supunha que eu estava em condições de fazê-lo, me convidava a responder uma pergunta que o suíço lhe fizera, perguntas que, sem exceção, tinham a ver com a construção da casa, como e onde era melhor comprar materiais de construção ou onde encontrar este ou aquele trabalhador especializado, e que eu podia responder com facilidade, porque, em razão de minhas próprias experiências com tudo que dizia respeito à construção civil, eu estava muito bem informado e, em sua maioria, conhecia pessoalmente os trabalhadores do ramo, com os quais tinha intimidade. Eu mesmo sei como é difícil mudar-se para uma região estranha e querer construir uma casa ali, um caso em que quem não deseja fracassar já de início em seu intento precisa de fato superar dificuldades sobre-humanas e em que, para alguém assim, com efeito, tudo representará de súbito um impedimento, cem vezes por dia ele preferirá desistir. À parte o fato de a paisagem, as pessoas e, portanto, toda a natureza lhe serem estranhas, aqui tudo isso repele de pronto o novo morador, é-lhe, no fundo, hostil, e essas repugnância e disposição hostil ameaçam sufocar todo aquele que queira se estabelecer neste lugar. O suíço permanecia relativamente incólume a tudo isso, e sua companheira, que, ao contrário dele, homem brutal, era uma pessoa sensível, não era chamada a opinar, de todo modo não no tocante à construção da casa, como logo percebi. Permaneceu indiferente quando o suíço abriu o projeto da casa sobre a mesa na qual tinham acabado de jantar, o que fez para discuti-lo em detalhes com o Moritz. Minha impressão foi a de que a casa, conforme ela se apresentava desenhada no projeto do suíço, parecia uma usina de energia elétrica, e de fato a construção, como depois pude ver com meus próprios olhos, tinha o aspecto de uma usina de energia elétrica, contrária a toda e qualquer ideia de um edifício residencial, hostil a seres humanos, era, portanto, como não podia deixar de ser, tudo, menos uma moradia para alguém que estava se aposentando, tinha antes o aspecto exterior de uma couraça de concreto para uma máquina que trabalhava ali dentro sem precisar de luz ou de ar. Estava claro que o suíço projetara sua casa, que a todo momento chamava de *a última*, da mesma forma como projetava suas usinas de energia elétrica, aquelas que construía pelo mundo todo. Quem olhava o projeto com atenção via-se diante de um sem-número de cômodos nos quais jamais, e por nada neste mundo, teria querido morar, mas o suíço estava convencido de ter projetado a casa ideal, cujos custos, ademais, superavam os custos habituais da região, o que levou o Moritz a perguntar quanto, afinal, custaria aquela casa, ao que o suíço não declinou soma alguma. Tudo nela, por dentro e por fora, deveria ser sólido, os materiais, portanto, os melhores, e os trabalhadores, selecionadíssimos. Estava claro que uma casa como aquela haveria de ser cara. Em contraposição a isso, o suíço era de uma mesquinhez assaz repugnante, por certo a sovinice era nele uma qualidade primordial. Além disso, uma pessoa assim abriga muita desconfiança, o que tinha sido justamente seu maior obstáculo na construção da casa, e isso ele externara enquanto tentava explicar seu projeto aberto sobre a mesa — sempre à espreita de reconhecimento e louvor, o que, por outro lado, demonstrava da forma mais patente sua própria insegurança com a construção —, ou seja, desconfiava de todos aqueles que contratara para construí-la, de todos os trabalhadores, ajudantes e, sobretudo, de todos os ajudantes e ajudantes de ajudantes em contato com a construção, tinha sido mesmo incapaz de se controlar e precisara dizer que, segundo lhe parecia, toda aquela região, à qual chegara munido da maior confiança *em tudo e em todos,* agora merecia dele apenas grande desconfiança e suspeita, no que não estava errado. O Moritz espantou-se com o projeto e com as explicações do suíço, que, embora minuciosas, haviam sido em grande parte incompreensíveis, porque, afinal, tratava-se da coisa mais inaudita que um proprietário já lhe havia exposto, mais ainda da parte de um homem tão famoso nos círculos especializados como o suíço, que já durante a tarde, logo depois de aparecer na sala dos fichários do Moritz com sua companheira, segundo depreendi do que ouvi, repetidas vezes havia mostrado fotografias que o retratavam apertando a mão dos proprietários das usinas de energia elétrica por ele construídas em todos os continentes, até hoje operantes e gerando eletricidade: a rainha da Inglaterra, o presidente dos Estados Unidos, o xá da Pérsia e o rei da Espanha. O suíço causara grande impressão no Moritz sobretudo em razão de suas expressões provindas da linguagem técnica e da engenharia civil, assim como de suas explicações para conceitos diversos, além do que, prometera ao Moritz enviar-lhe muito em breve compradores para seus terrenos, em sua maior parte suíços como ele, gente séria e de sólida capacidade financeira. Depois de terminados enfim os esclarecimentos no tocante à construção da casa e de ele tecer alguns elogios à mobília da sala dos fichários do Moritz, não sem ao mesmo tempo beber todo o seu copo de cerveja, que permanecera cheio ao longo da explicação do projeto, ele e sua companheira se despediram do Moritz e de mim e desceram para a entrada da casa, aonde o Moritz os acompanhou, assegurando-lhes então que envidaria todos os esforços e daria, pois, todo o seu apoio no que se referia à construção da casa do suíço. Este podia confiar nele em todos os aspectos, disse o Moritz lá embaixo, como ouvi da sala dos fichários no piso de cima. Mal os suíços tinham ido embora e o Moritz subira de volta até mim, pensei comigo que a companheira do suíço tinha aceitado sem demora minha sugestão para darmos juntos uma caminhada pela floresta de lariços. Em poucas palavras, combinara com ela de irmos no dia seguinte, por volta das cinco, à floresta de lariços, eu iria buscá-la na hospedaria, dissera-lhe, o suíço estaria viajando nesse horário, e ela deveria calçar sapatos reforçados para a caminhada pela floresta e se agasalhar mais do que de costume, porque, quando chovia muito como agora, a floresta de lariços ficava gelada e suja. Tive a sensação de ter-lhe feito uma sugestão bem-vinda. Pouco depois da partida dos suíços, também eu me despedi do Moritz e atravessei a floresta na direção de casa. Pela primeira vez depois de tantas semanas de insônia, iria conseguir dormir de novo, eu pensava ainda a caminho de lá, e não me desvencilhei mais desse pensamento, tendo de fato adormecido naquela noite. Que bom, eu pensava sem cessar e cada vez mais, que tinha ido visitar o Moritz, até que esse meu único pensamento a se repetir a todo momento se aquietou e, por fim, creio ter de fato conseguido adormecer pela primeira vez em semanas e, com efeito, desfrutar de um sono normal e proveitoso, não mais condenado a nenhum pensamento, nem mesmo a esse — o de conseguir dormir de novo depois de semanas. Naturalmente, isso não significou que não tivesse acordado várias vezes durante a noite para me ocupar do que se passara naquela tarde e no começo da noite, de minha súbita partida de casa rumo ao Moritz e das repreensões e revelações que, sem mais, lhe impusera e que nada mais haviam sido do que ofensas vis a sua pessoa, bem como, depois, no auge de todo aquele desatino e de toda aquela irracionalidade, da súbita chegada dos suíços à casa do Moritz, chegada esta que com certeza, embora não tivesse me dado a menor indicação de que aconteceria, ele já aguardava fazia muito tempo, *ouvira-me sem cessar*, ouvira-me de fato *calado, imóvel e sem cessar*, mas sabia que os suíços apareceriam a qualquer momento e poriam fim àquela minha cena, que provavelmente estirara e tensionara até o limite máximo sua receptividade, é provável que, enquanto eu lhe falava sem parar e o assaltava com aquela pavorosa irracionalidade, que no entanto lhe era de todo indiferente, o Moritz já aguardasse o tempo todo a chegada dos suíços; em retrospecto, parecia mesmo que ele estava à espera de alguma coisa, qualquer coisa, embora eu não soubesse nem pudesse saber do quê, mas, em retrospecto, concluí que esperava pelos suíços, que, de fato, bem no momento certo, chegaram à casa do Moritz, um momento em que eu ainda não havia excedido o limite de sua receptividade com minhas invectivas, provavelmente ele só tolerara por tanto tempo minha agitação naquela tarde perigosa, e perigosa para todos, porque sabia que os suíços chegariam e poriam fim a tudo aquilo, razão pela qual, não tendo eu ainda ouvido coisa nenhuma, ele já ouvira os suíços lá embaixo, na porta, levantara-se de um salto sem que eu tivesse ouvido coisa alguma e fora até a porta pôr-se à espreita num momento em que os suíços nem tinham chegado à entrada da casa, havia dito *os suíços* ainda antes de eles terem entrado, posso até ver seu alívio ao ter certeza de que os suíços haviam entrado, sem dúvida aqueles que o salvariam daquela situação provocada por minhas grosseria, monstruosidade, inescrupulosidade e vileza, porque naquela tarde eu com certeza exigira demais do Moritz, sentado à sua frente tinha podido ver *nele* o que *lhe* havia feito, como *o* havia ofendido, e que o fizera da forma mais inadmissível. Com a chegada dos suíços, porém, estava tudo terminado, e o Moritz pudera se afastar de mim e descer para a entrada da casa, porque, afinal, precisava dar-lhes as boas-vindas, e tenho certeza de que levou em consideração que os suíços eram a salvação não apenas para ele, mas na verdade para mim também, ou seja, de que a entrada dos suíços em sua casa era *minha* salvação, porque, embora fosse um homem duro e experimentado nos negócios, um dos mais duros e experimentados que conheci, o Moritz era também, e disso pouquíssimos sabiam ou mesmo acreditavam que assim fosse, um caráter dotado de sentimentos e nervos refinados, sensibilidades de forma alguma esmagadas por sua aparência maciça — por seu corpo de aspecto mais ou menos insensível, que, para quem o via, de todo modo afigurava-se nada menos que brutal, ou pelo menos frio em aparência —, mas, antes, com frequência manifestas, como eu várias vezes testemunhara, e o modo como ele agira naquela tarde e no anoitecer que se seguiu confirmou o que estou dizendo. Ele, o Moritz, poderia afinal ter se despedido de mim no auge de meus excessos ou, o mais tardar, à chegada dos suíços, mas não o fez, pelo contrário, logo incluiu-me com muita habilidade na conversa com os suíços e não tardou em me convidar também para o jantar, além de, por fim, à entrada dos suíços na sala dos fichários, ter de pronto encaminhado o tema da conversa de modo a libertar-me de meu pesadelo, conduzindo-a para a construção da casa de ambos, ou seja, conseguira o que pretendia, isto é, afastar-me de mim graças àquela condução hábil da conversa, o que significa que logrou arrancar-me daquele meu beco sem saída, algo que, sem os suíços, sozinho comigo, não tinha conseguido naquela tarde nem conseguiria no anoitecer que se seguiu. Com que frequência o Moritz já me salvara de um desses assim chamados pesadelos, arrancando-me de desespero profundo; ainda que, é provável, ele jamais tenha tido consciência disso, muitas vezes ao longo dos últimos anos, e a intervalos cada vez menores, era ao Moritz que eu devia a continuidade de minha existência, o que não constitui exagero e cabe-me registrar aqui. Naquela tarde, pela primeira vez falara-lhe com franqueza sobre meu estado, ainda que sem o necessário preâmbulo, fora logo, e com uma clareza horrorosa, na maior das agitações, dando-lhe notícia de minha enfermidade, de minha enfermidade intelectual e emocional, e de uma forma que só podia assustá-lo, porque jamais, afinal, ao longo dos anos todos, havia lhe dado qualquer indicação dessa doença; é provável que o Moritz muitas vezes tivesse sentido o efeito dessa minha enfermidade, em vários momentos, e cada vez de uma maneira diferente, agora não é o momento de dar aqui um exemplo disso, mas ele sempre pudera ver que eu sofria dessa enfermidade, embora eu jamais tenha feito a menor alusão que fosse a ela, nunca tinha dito nada, sempre me calara a seu respeito, razão pela qual ele jamais soubera o que fazer, até que, de repente, naquela tarde, intentei fazer uma análise de minha doença, ainda que essa análise só pudesse fracassar já no nascedouro, de imediato, e acabasse por degenerar. Mas como pude pensar, por um momento que fosse, em fazer uma análise de minha enfermidade para o Moritz, se estava tão agitado e sei que não se pode fazer análise alguma num tal estado de agitação, menos ainda, naturalmente, uma autoanálise? Por isso, naturalmente minha tentativa de análise esgotou-se em irrupções, agressões e, é provável, em manifestações bastante confusas, em frases desqualificadas com as quais o Moritz nada podia fazer. Por fim, no entanto, atingi algo em que já não acreditava, uma melhoria daquele meu estado, de forma que, com efeito, tinha voltado a me tornar suportável naquela tarde e naquela noite, e isso com a ajuda do Moritz e dos suíços. Contudo, não é de mim que cabe falar aqui, e sim da companheira do suíço, na qual tenho de novo pensado com bastante frequência e intensidade nos últimos dias e talvez consiga agora, depois de várias tentativas malogradas nesse sentido, registrar a lembrança dela nestes papéis. Que tenha falado tanto de mim até aqui é algo que, como é natural, se explica pelo fato de eu ter conhecido os suíços, e portanto a companheira do suíço, isto é, a persa, naquele malfadado dia em que, como disse, corri muitíssimo agitado até o Moritz para me salvar, e no qual, como já disse, fui de fato salvo, e não em pouca medida pelos suíços, acerca dos quais naturalmente não estou autorizado a crer que tenham ido ao Moritz naquela tarde com o propósito único de me salvar, o que não significa que eu não tenha pensado nisso diversas vezes, isto é, que os suíços tinham *de fato* ido ao Moritz naquela tarde para me salvar, porque não acreditar nisso é tão absurdo quanto aventar essa possibilidade. Agora, depois dessa explicação, posso falar da companheira do suíço, da persa, portanto, e pelo menos tentar registrar a lembrança dela, embora isso só possa se dar de maneira falha e fragmentária, comum a toda escrita, e de modo algum de forma plena e completa, e isso depois das muitas tentativas iniciadas nos últimos tempos, sempre e de novo malogradas. Toda escrita, porém, tem sempre de começar do começo, precisa-se a todo momento tentar de novo, até que se consiga ao menos um sucesso parcial, ainda que ele jamais seja satisfatório. Quando um tema volta e meia nos aflige sem cessar, com a máxima insistência, e já não nos deixa em paz, tem-se afinal sempre de tentar, por mais inviável, terrível e desesperançada que seja essa tentativa. Cientes de que nada, absolutamente nada, é seguro e pleno, cabe-nos começar e seguir adiante com aquilo a que nos propusemos, mesmo diante da maior insegurança e das maiores dúvidas. Se sempre desistimos já antes de começar, acabaremos desesperados, um desespero do qual, ao fim e ao cabo, nunca mais sairemos, estaremos perdidos. Assim como a cada dia temos de acordar, dar início e prosseguimento àquilo a que nos propusemos — ou seja, seguir existindo, porque simplesmente precisamos seguir existindo —, assim também temos de dar início e continuidade a um intento como é o de registrar a lembrança da companheira do suíço, em vez de nos deixar desencorajar pelo pensamento inicial, e decerto quase sempre presente, de que haveremos de fracassar nesse propósito. O fracasso é tudo que há. Se temos ao menos a vontade de fracassar, aí avançamos, é o que nos cabe em relação a tudo e a todos, a vontade de fracassar, caso não desejemos sucumbir cedo demais, o que não pode ser nossa intenção neste mundo. Quando, por volta das cinco, conforme combinara com ela, eu quis ir apanhar a companheira do suíço na hospedaria — a quem todos no lugar chamavam de *a persa* e, portanto, com total correção, não de suíça, de modo que eu também a chamei e sigo chamando de *a persa* —, ela naturalmente ainda não estava pronta, como as mulheres em geral, não importa quem sejam, nunca estão prontas no horário combinado e indicado, o que estou cansado de saber, e foi também o caso com a persa; uma vez na hospedaria, acomodei-me no restaurante e, enquanto conversava com a proprietária sobre móveis antigos, mas também, e mais ainda, sobre a atividade agropecuária de seu marido e, portanto, sobre os negócios *dela*, não sem antes aceitar seu convite para tomar um copo de cerveja, eu pensava no relacionamento da persa com o companheiro, sempre embrenhado na conversa da proprietária e absorvendo tudo que ela me dizia, mas buscava ao mesmo tempo formar uma imagem mais exata do relacionamento do suíço com sua companheira, o que não deu resultado algum, muita coisa havia de permanecer obscura para mim nos dois e em seu relacionamento, afinal eu não tinha como saber coisa alguma a respeito deles, uma vez que os conhecera fazia apenas um par de horas e sob circunstâncias que pouco haviam revelado a seu respeito, mas, ainda que em vão, buscava sem cessar lançar uma luz na escuridão daquele relacionamento, recusando, no entanto, a oportunidade de interrogar a proprietária sobre os dois, porque isso me pareceu inadmissível, nada mais teria sido do que me aproveitar da ocasião, e era provável, ou assim pensei, que ouvisse dela muita coisa sobre eles, mas não a verdade, porque ela teria me relatado um ou outro escândalo a seu respeito, o que eu não queria ouvir, proprietárias de hospedarias costumam contar apenas indecências sobre seus hóspedes, inverídicas em sua maioria, isso eu sabia, de forma que me contive e não a interroguei sobre os suíços, embora sua expectativa fosse a de que eu fizesse uma pergunta a respeito dos dois, porque, por mais que ela se empenhasse em fazer dos negócios o tema central da conversa — os negócios secretos com galinhas e porcos, uma vez que, anexos à hospedaria, havia também um grande chiqueiro e um galinheiro ainda maior —, era transparente seu desejo de poder dizer alguma coisa sobre os suíços e, em especial, sobre a persa. O surgimento daqueles dois deve ter provocado verdadeira sensação na proprietária, porque eram raros os estrangeiros na região, e mais raros ainda os suíços ou os assim chamados europeus periféricos, isso para nem falar nos não europeus como a persa; desde sua chegada, semanas antes, talvez meses, os suíços, é provável, constituem o tema central das conversas por todo o vilarejo, pensei comigo, apenas em razão de meu isolamento eu não tinha ouvido falar deles nem tinha como saber coisa alguma a seu respeito, bastava-me, pensei, ter tido a vontade de ouvir falar deles e eu teria de fato ficado sabendo de muita coisa e, provavelmente, porque nesse meio-tempo conheço bem demais a chamada população local, do que havia de mais monstruoso sobre eles. Por fim, diverti-me impedindo a proprietária da hospedaria de me dizer qualquer coisa sobre a persa, ela que, a todo momento, no meio de sua conversa apenas dissimulada sobre negócios, tentava fazer um comentário sobre os suíços e, em particular, sobre a persa, mas eu a impedia, falando com insistência, astúcia e ênfase cada vez maior sobre os negócios dela, que, por sua vez, ouvia de bom grado o que eu pensava sobre seus porcos, suas galinhas, sobre a compra de ração, sobre suas idas ao mercado e sobre as idas ao mercado de seu marido, porque percebera fazia tempo que minha opinião sobre todos os seus negócios — fosse mobília antiga ou produtos agropecuários — lhe era sempre bastante proveitosa, a todo momento revelava-se proveitosa e, portanto, muito lucrativa, ainda que volta e meia ela ameaçasse duvidar, mas de fato entendo bastante de porcos, galinhas e de toda essa atividade agropecuária, porque venho do campo e até hoje sigo sempre me interessando por essa atividade, mesmo que apenas de passagem, sempre tive familiaridade com a atividade agropecuária, nunca perdi o interesse no assunto, de forma que podia mesmo conversar à vontade sobre a atividade agropecuária e todos os negócios associados a ela com a proprietária da hospedaria, que, embora sempre por vias indiretas, apreciava minha opinião, razão pela qual também naquele dia lhe despertava curiosidade o que eu dizia, mesmo que, por outro lado, naquele dia ela não sentisse vontade nenhuma de conversar comigo sobre os negócios agropecuários para os quais eu conduzira a conversa, só queria, sim, falar sobre os suíços, sobre a persa, que, assim eu supunha, havia se deitado à tarde e seguia se aprontando para sair, sendo que agora estava ainda mais frio do que no dia anterior, chovia a cântaros e quem é que sabe, pensei comigo, talvez ela nem queira ir comigo à floresta de lariços, se bem que, por outro lado, eu tinha acabado de ouvir barulho no andar de cima do restaurante, e, portanto, no assoalho do quarto dela, o que indicava que a persa estava, sim, se aprontando para o passeio combinado pela floresta de lariços. Enquanto eu bebia meu copo de cerveja e conversava com a proprietária, que caminhava de um lado para o outro do restaurante vestindo a mesma blusa branca de sempre, encardida nas bordas, tornei a pensar comigo no desleixo daquela hospedaria, em como tudo ali, na única hospedaria do vilarejo, era negligência, bastava um olhar para a porta aberta da cozinha para me demover da ideia de ir comer ali outra vez. Aos suíços não restara outra opção senão a de alugar um quarto ali, porque precisavam se fixar nas proximidades de sua construção. Enquanto o suíço, é provável, circulava o dia inteiro em seu carro, sempre em busca de novas pessoas e novos materiais para a construção de sua casa, sua companheira fora se deitar, pensei comigo, e me perguntava também se ela de fato gostava de caminhar, porque eu a convidara para o passeio pela floresta de lariços sem saber se ela costumava caminhar, era possível que nem gostasse de caminhar, embora tivesse tempo para tanto, ao contrário do companheiro, que de forma alguma tinha tempo para caminhadas, mas como posso saber se ela, que conheci há apenas umas poucas horas e que, portanto, mal conheço, gosta de natureza? Enquanto a proprietária da hospedaria tentava conversar comigo sobre o preço do porco na feira nas últimas semanas, sempre desejosa de uma resposta de minha parte, eu pensava naquela pessoa que era uma completa desconhecida e com a qual eu combinara uma caminhada pela floresta de lariços para um horário que era o mais propício para uma tal caminhada pela floresta de lariços, mas nesse meio-tempo a chuva já obscurecera toda a paisagem diante das janelas da hospedaria, se bem que eu trazia no bolso uma lanterna, pensei comigo, apanhando-a, retirando-a do bolso da calça e experimentando-a: estava funcionando. Mais inteligente teria sido beber um chá, em vez de cerveja, pensei, enquanto, tendo eu terminado de beber o primeiro, a proprietária se preparava para me trazer outro copo de cerveja, que recusei. Ela, a proprietária, só queria fazer negócios na vida, tinha nascido para fazer negócios, só tinha lugar para eles na cabeça, todo o seu ser só existia para fazer negócios, negócios sem cessar, quaisquer que fossem, eram tudo que trazia estampado no rosto. Em resumo, uma pessoa como aquela é só negócios. A razão, o sentimento, tudo o mais se subordinava aos negócios. Estes, quaisquer que fossem, eram o único motor de sua existência, os negócios como coração e pulmão de uma tal criatura.

Mas ela não me repugnava, pelo contrário: atraía-me, e justamente porque, como ninguém mais daqueles próximos de mim, demonstrava coerência, coerência extrema e ininterrupta, uma coerência cuja intensidade jamais cedia. Por um lado, me repugnava, mas, por outro, me atraía. Sua coerência me atraía, atraía-me toda vez que eu entrava em contato com ela, mas a *finalidade* dessa sua coerência inabalável me repugnava. A um só tempo atraído e repugnado, na verdade sempre conversara com ela de bom grado, também porque, para meu trabalho, precisava mais do que qualquer outra coisa de um contrapeso a *minha* coerência, que, no entanto, nem de longe era inabalável e exclusiva como a dela, que eu provavelmente admirava, ainda que sua finalidade me repugnasse, porque visava em última instância apenas aos negócios e a nada mais que os meros negócios. A proprietária da hospedaria, contudo, era dotada de grande inteligência, de um grau de inteligência bastante alto para uma proprietária de hospedaria. Sua franqueza era muitas vezes tocante. Acima de tudo, porém, eu admirava sua capacidade de nunca, jamais relaxar no trabalho, ela não se permitia nem mesmo a mais mínima pausa para descansar, sua força de vontade há de sempre ter sido a maior de todas, uma característica daqueles que desde cedo e por muitos e muitos anos já sofreram de uma enfermidade grave e paralisante, no caso dela uma grave doença pulmonar, a mesmíssima doença pulmonar que eu próprio havia tido naquela mesma idade. Uma vez curadas, por assim dizer, essas pessoas ficam possuídas pela vida como se por uma existência verdadeiramente terrível, nunca mais sossegam, vivem e existem toda a sua vida, toda a sua existência, tomadas pela agitação, quase sempre pela maior agitação possível, movidas pela máxima força de vontade. É possível, é mesmo provável que tenha sido de fato essa doença que eu e a proprietária tivemos o que por certo nos unia a todo momento em nossa repugnância mútua e, ao mesmo tempo, em nossa simpatia suprema. Sim, porque, da mesma forma que a proprietária sempre me atraíra e repugnara ao mesmo tempo, também eu sempre a repugnara e atraíra, as duas coisas a um só tempo. Este, contudo, não é o momento de descrever a proprietária da hospedaria, o que interessa agora é apenas como consegui forçá-la naquela tarde a não se manifestar sobre os suíços, e era o que ela *queria* o tempo todo, falar sobre os suíços e mais ainda sobre a persa, só que, com artimanhas sempre renovadas, logrei forçá-la continuamente a recuar para a conversa sobre negócios, ao passo que ela só queria mesmo era falar dos suíços, contar-me sobre eles. À medida, porém, que, no momento decisivo, eu volta e meia conseguia aguçar sua curiosidade a respeito de seus próprios negócios, logrei fazer com que ela *não* tivesse como falar dos suíços. Sim, porque era isso que eu constatava a todo momento no comportamento da proprietária, que nada mais lhe interessava havia meses senão os suíços e que ela só aguardava por um sinal de minha parte para que pudesse desatar a falar a favor ou contra eles. Tudo nela aguardava por esse sinal. Mas não era minha intenção emiti-lo.

Em primeiro lugar, eu queria saber tanto quanto possível sobre os suíços, mas pela boca dos próprios suíços, o que me parecia o melhor caminho. Interrogar uma proprietária de hospedaria sobre uma pessoa, qualquer pessoa, significava nada mais que pretender lançar de antemão sobre essa pessoa uma luz torpe, e isso eu não queria. Podia imaginar as fofocas que circulavam sobre os suíços, o que toda aquela gente da região, gente afinal estúpida e embotada, teria a dizer sobre eles só podia ser coisa repugnante e vil. Sei por experiência própria que os habitantes locais são sempre e apenas desconfiados em relação a forasteiros, e seus sentimentos, se os têm, torpes e vis, e os suíços naturalmente não constituíam exceção a essa regra. O forasteiro, por mais benfazejo e solícito que seja, por melhores que sejam suas intenções, não pode de forma alguma vir para esta região, porque será enxovalhado, amesquinhado pelos locais, aniquilado, são muitos os exemplos disso. Ainda mais nesta região, que é a mais retrógrada que se possa imaginar. Duas pessoas que vivem juntas há décadas, não são casadas e sobre as quais nada se consegue saber, além do fato de que têm dinheiro, isso já basta para a destruição vulgar de sua reputação. As pessoas nesta região são as mais inescrupulosas que há, e, para um forasteiro, qualquer uma delas representa uma armadilha mortal. Disso, os suíços, que estavam ali havia meses, já deviam ter uma ideia. Ainda na casa do Moritz, o suíço tinha dado indicações nesse sentido, via os locais já sob outra luz, como pessoas em todos os aspectos capazes de tudo, ou pelo menos como um perigo público. Por outro lado, como eu havia visto no Moritz, os suíços preservavam ainda uma ingenuidade demasiado grande, ainda não tinham a experiência necessária com a gente do lugar, ou já teriam diversas vezes precisado reagir de outra forma. Para mim, era incompreensível, e ainda hoje segue sendo incompreensível, que pessoas que circularam pelo mundo todo e que, portanto, o conhecem bem possam querer, por qualquer que seja a razão, se estabelecer numa região que é tudo, menos agradável. Naturalmente, por trás disso podia haver alguma intenção que me era de todo desconhecida, pensei comigo, e precisei me controlar para não dizê-lo em voz alta, porque aí com certeza logo receberia uma resposta da proprietária da hospedaria que me daria o que pensar, uma vez que, no tocante à reflexão sobre o que queriam e pretendiam os suíços ali, ela sem dúvida já havia avançado bem mais do que eu, mas me controlei e não disse nada, embora a seguir não tenha conseguido afastar de mim justo aquele pensamento: com que propósito os suíços estavam construindo sua casa ali? E algum propósito específico haveria de ter aquela decisão dos suíços de se instalar bem ali. Essa reflexão, contudo, não conduziu a lugar algum. De resto, ainda era cedo demais para começar a pensar nisso, pensei. Naquele momento, eu queria antes de mais nada fazer minha caminhada com a persa. E bem quando eu aconselhava a proprietária a não reunir mais do que seiscentos porcos no ano vindouro, porque previa uma iminente e horrenda queda de preços que atingiria sobretudo criações menores como a dela, ouvi a persa caminhar mais depressa para um lado e outro no quarto sobre minha cabeça e, depois, sair para o corredor e rumar para a escada. Pouco tempo depois, ela estava no restaurante, eu me levantei e saímos da hospedaria. A proprietária seguiu-nos com olhos *curiosos*. Para minha conversa com esta última, havia sido vantajoso que eu tivesse acabado de ler, logo pela manhã, a chamada *Folha Agropecuária*, que havia assinado e o carteiro me trazia toda semana, na sexta-feira, o que naturalmente me mantinha muito bem informado sobre o assunto; por um lado, tinha à disposição a *Folha Agropecuária*, por outro, minha própria cabeça, e daí podia extrair as melhores conclusões acerca da atividade agropecuária, e era mesmo inescapável estudar essa *Folha Agropecuária*, caso eu pretendesse conversar com a população local, interessada quase que tão só na agropecuária que sustentava sua existência, conversas sobre outro assunto não havia, excetuando-se aquelas sobre mulheres e sobre forasteiros. A região dedica-se ainda hoje, na chamada era da industrialização avançada, quase que apenas à agropecuária, o que se aplica a tudo e a todos, sendo, portanto, de orientação agrária. Essa havia sido também a principal razão pela qual eu me estabelecera ali numa época em que, de repente e para minha própria surpresa, enfadara-me de viajar o tempo todo para lá e para cá, estar a cada dois dias ou duas semanas num lugar diferente, onde, na prática, não passava mais de dois dias ou duas semanas, o que tinha se tornado insustentável para mim, sobretudo porque eu queria avançar em meu trabalho científico, que demandava um lugar fixo, e tinha sido por acaso, e por intermédio de um amigo que fizera negócios com ele duas décadas antes, que ficara conhecendo o Moritz, que me arrumara minha casa da mesma forma como agora, passados dez ou doze anos, tinha arranjado o terreno para os suíços, claro está que paguei ao Moritz um preço baixo pela casa, tão baixo e indecente quanto alto e indecente foi o preço pago pelos suíços por seu terreno, sem dúvida paguei o preço mais baixo possível, assim como os suíços sem dúvida o mais alto, embora minha casa nem sequer fosse bem uma casa, e sim uma ruína sem portas nem janelas, já não tinha nem sequer os caixilhos de portas e janelas, um habitante local teria na verdade pagado ainda menos por aquela ruína, mas nenhum habitante local teria comprado semelhante ruína, para tanto era necessário que chegasse alguém da cidade e se instalasse ali. Na verdade, quando a comprei, minha casa nada mais era que um telhado esburacado e já quase todo podre assentado sobre paredes frágeis, ainda que gigantescas. Mas eu era jovem o bastante para tornar aquela ruína habitável, tinha me proposto a, em um ano, fazer daquela ruína uma casa, e com minhas próprias mãos. Dinheiro, eu quase não tinha, contraí tantas dívidas quanto possível sem saber como e quando poderia pagá-las, mas isso não me preocupou, importante era ter um lugar só para mim neste mundo, um lugar que pudesse apartar e trancar e onde pudesse também me concentrar única e exclusivamente em meu trabalho científico. Ninguém pode nem imaginar o que significou fazer daquela ruína uma construção habitável e à prova d'água. Mas essa é outra história. O que eu queria dizer aqui era: procurei esta região porque, embora de fato bastante atrasada e ainda intocada pelo chamado progresso, ela me oferecia a possibilidade de me dedicar com exclusividade a mim mesmo, e isso significa a meu trabalho, o que em nenhuma outra teria sido possível, nem mesmo naquelas que, em aparência, também correspondiam à ideia que eu fazia de uma região adequada para mim e que, com efeito, também exibiam semelhanças e inclusive as mesmas estruturas da região da qual provenho, porque a região para a qual desejava me retirar para avançar em minha ciência precisava ser parecida com aquela da qual venho. Aqui, onde, como disse, cheguei por acaso, até as pessoas eram como as da minha região: duras, frias e, se necessário, vis, repugnantes e desapiedadas no trato com intrusos. Naturalmente, contudo, elas não se esgotavam apenas em suas peculiaridades letais e demoníacas. Talvez as pessoas desta região sejam ainda mais rudes, talvez mais gélidas e infames que as de minha terra natal. Certo é que o forasteiro que chega a uma região que lhe é de todo desconhecida e entra em contato apenas com gente nova vai sempre achá-la mais fria e infame do que de fato é. Minha impressão, porém, não arrefeceu ao longo do tempo, e já faz bem mais de uma década que estou nesta região. Só posso supor que cada forasteiro que vem para cá tem as mesmas impressões e sente a mesma coisa, de modo que também os suíços, é provável, sentiram o mesmo que eu, talvez de forma mais branda por serem dois, embora a persa tenha por certo sentido o mesmo que eu, porque éramos parecidos, diferentes do suíço, que tinha pele mais grossa e cabeça dura. Era tocante o modo como ela havia se vestido para a caminhada pela floresta de lariços. Sobre a cabeça, levava um chapéu masculino e, nos pés, botas masculinas de borracha que, assim pensei, o marido da proprietária lhe havia emprestado. Na chuva, pode-se imaginar, seu casaco de peles era inapropriado, mas ela queria fazer aquela caminhada a qualquer custo. Chovia tão forte que eu nem conseguia erguer os olhos para contemplá-la, e o mesmo se dava com ela, e assim foi que descemos da hospedaria para a floresta de lariços, por algum tempo silentes e marchando sobre a folhagem encharcada, o que produzia um barulho que, embora curioso, nos agradava a ambos, que chafurdávamos cada vez mais fundo na folhagem, o que, tivéssemos seguido a trilha, não teria sido necessário, mas ignoramos a trilha. Quando duas pessoas que não se conhecem e só se viram uma única vez vão caminhar juntos, elas, de início, seguem caladas por um longo tempo, mais ainda em se tratando de um homem e de uma mulher. Não se sabe em absoluto quem dará o primeiro passo. Nesse caso, eu quebrei o silêncio ao perguntar a minha acompanhante onde ela havia arranjado as botas que tinha nos pés e o chapéu que levava na cabeça, e de imediato minha suposição se confirmou, chapéu e botas eram do marido da proprietária da hospedaria, eu estava certo daquela minha suposição e, de novo, espantei-me com minha própria capacidade de observação, porque, de fato, reconhecera de pronto que as botas de borracha eram as do marido da proprietária e que, no caso do chapéu, era o dele também, o que eu constatara a partir de detalhes do chapéu e de detalhes das botas. Quem, atento o bastante, mora há tempo suficiente numa tal região e num lugarejo como o nosso, logo fica conhecendo todos os objetos, sabe a quem eles pertencem, ainda que se trate de botas e chapéus, como agora vejo, que dirá então de objetos outros, mais proeminentes. Naturalmente, sou uma pessoa muito bem escolada em minhas percepções e observações e, portanto, talvez não seja um exemplo generalizável. Uma tal capacidade de percepção e observação traz as maiores vantagens, mas as maiores desvantagens também, porque essa capacidade raras vezes é vista com simpatia, mas, antes, quase sempre com antipatia. Uma pessoa assim, que tudo percebe, tudo vê, tudo observa e que o faz sem cessar não é popular, mas, antes, temida, os outros são sempre cautelosos diante dela, porque se trata de uma pessoa perigosa, e pessoas perigosas não são apenas temidas, são odiadas também, de modo que devo caracterizar a mim mesmo como uma pessoa odiada. Pessoalmente, no entanto, considero minha capacidade de percepção e de observação uma vantagem de extraordinária utilidade, que muitas vezes já me salvou a vida. Em torno do pescoço, além da gola erguida do casaco de pele, a persa ainda enrolara um xale de lã, um xale inglês bastante refinado, que deve ter custado muito dinheiro e que ela com certeza havia comprado em Londres, segundo supus, uma suposição que mais tarde se revelou correta. Como a floresta é toda escarpada, ela às vezes escorregava, e eu a segurava. Mas nenhuma conversa se estabeleceu e, depois de eu lhe perguntar de onde vinha aquele xale de lã, já uma pergunta talvez inadmissível, ou assim pensei, pensei comigo se não seria melhor voltarmos. Por um instante, entretive o pensamento de levá-la comigo para casa, de mostrar-lhe minha casa, mas logo o abandonei, não ia levá-la para minha casa depois daquela nossa primeira caminhada, pensei, e sugeri-lhe que retornássemos à hospedaria e nos sentássemos no restaurante para beber um chá ou, assim pensei, um conhaque. No fundo, não foi ela que impediu que tivéssemos um diálogo ou mesmo uma conversa, e sim eu, que já não estava acostumado à companhia de uma pessoa voltada para o intelecto, como se pode chamá-la, e a persa, isso ficou claro para mim de imediato, era uma pessoa voltada para o intelecto, à diferença do companheiro, o suíço, que não era. O que eu esperara daquela caminhada? O passeio terminou conosco voltando para a hospedaria encharcados até os ossos — em última instância, ela também — e nos sentando a um canto do restaurante. A proprietária nos serviu dois conhaques. Mas tampouco no restaurante havia como pensar num diálogo, nem mesmo uma conversa teve início, porque a proprietária da hospedaria esteve presente o tempo todo, na expectativa de uma conversa entre mim e a persa ela se sentara com seu tricô no restaurante, instalando-se ao lado do balcão, onde, ao que parecia, pretendia permanecer por um bom tempo. Sentada, esperava. Mas não houve conversa nenhuma entre mim e a persa. Na verdade, porém, nenhuma conversa audível entre nós se fazia necessária, porque já conversávamos fazia muito tempo, embora não com palavras ditas. Conversávamos em silêncio, e nossa conversa era das mais estimulantes que se pode imaginar, palavras alinhavadas e pronunciadas não seriam capazes de produzir o mesmo efeito daquele silêncio. E assim ficamos sentados no restaurante por mais de uma hora sem dizer palavra, mas numa situação bastante agradável. Naturalmente, não era o que esperava a proprietária da hospedaria, a quem aquele comportamento só podia parecer bastante enigmático. Ela nos serviu mais dois conhaques por minha conta e, enquanto isso, pendurou as botas de borracha e o chapéu do lado da estufa, para secá-los. Também o casaco de peles ela pendurara no varal sobre a estufa. O que se passara dentro dela enquanto tricotava já teria sido de interesse. Em seu comportamento e no modo como ela volta e meia olhara para nós havia muitas perguntas, assim como de pronto as respectivas respostas. Um trabalhador que de súbito adentrou o restaurante, um dos entregadores locais de cerveja, que, tendo ido se sentar à mesa vizinha, pedira um copo de cerveja para si, estava fadado a pôr fim à cena. A proprietária se levantara para ir buscar a cerveja e servi-la ao entregador, e a persa pronunciou então sua primeira frase. Estava feliz por ter ido comigo à floresta de lariços, disse. Era a primeira vez em muitos anos que tinha estado com alguém que não fosse seu companheiro. Tinha sido simplesmente impossível para ela, afirmou, dizer uma palavra que fosse durante a caminhada, porque não estava mais acostumada a fazê-lo. Quanto não quisera dizer, sem, contudo, poder fazê-lo. Na verdade, contou, vivia fazia muitos anos com seu companheiro naquele silêncio, sem dizer palavra. Não dialogavam, não conversavam entre si. Anos e anos mais ou menos silentes em companhia de uma pessoa, isto é, o suíço, com quem não tinha mais nada em comum. Ela não disse que se tratava de alguém de quem já não podia se desvincular, mas esse foi *meu* pensamento. E isso foi tudo, porque a proprietária da hospedaria tornara a se sentar ao lado do balcão, tomara nas mãos outra vez o tricô e, de novo, pusera-se a ouvir. A persa se calou e não disse mais nada até se despedir. Pediu ajuda então à proprietária para vestir o casaco de pele, que naquele meio-tempo já secara, e subiu para seu quarto. Eu paguei a conta e fui-me embora. Não tinha certeza se seria correto convidá-la para outra caminhada no dia seguinte. Passei o dia todo em casa, ou, melhor dizendo, no piso térreo da minha casa, até que de repente senti necessidade de, com a ajuda de um livro, desviar da persa os pensamentos que haviam se apoderado de mim durante toda a manhã e boa parte da tarde, de forma que, depois de um longo tempo, semanas decerto, ao longo do qual tinha sido incapaz de ler o que fosse, estava de novo em condições de subir até o quarto dos livros. Eu havia arrumado o menor dos quartos de cima como um assim chamado quarto dos livros, que mobiliei de forma a de fato não poder fazer nele outra coisa senão ler, estudar livros e escritos, para cuja finalidade tinha postado diante da única janela uma cadeira de braços, uma cadeira dura, para todos os efeitos desconfortável e bastante simples, a mais apropriada à leitura que se pode imaginar, e sentado diante da janela naquela cadeira de madeira eu podia, uma vez decidido a tanto, mergulhar desimpedido em qualquer leitura que desejasse — naquela tarde, lembro-me muito bem, numa edição de *O mundo como vontade e representação*, de Schopenhauer, que herdara da biblioteca de meu avô materno e que sempre lia quando não queria extrair da leitura nada além de um prazer capaz de me purificar em todos os aspectos. Desde a mais tenra juventude, *O mundo como vontade e representação* sempre fora para mim o mais importante de todos os livros de filosofia, sempre pude me fiar no efeito que produzia, ou seja, o de me refrescar a mente por completo. Jamais encontrei em nenhum outro livro linguagem mais clara, assim como inteligência tão clara, nenhuma obra literária jamais exerceu sobre mim efeito mais profundo. A companhia desse livro sempre me deixou feliz. Mas apenas raras vezes dispus do preparo natural e intelectual absolutamente necessário para lê-lo e, portanto, da possibilidade de desfrutar da companhia desse livro extraordinário e de fato decisivo, porque *O mundo como vontade e representação*, assim como poucas outras *obras supremas*, só se abre ao leitor e se deixa decifrar por ele em estado de capacidade extrema e, portanto, de *capacidade* de assimilação e da *dignidade* para tanto. Essa possibilidade se apresentava para mim naquela tarde em altíssima medida. O encontro com a persa, que sem dúvida me salvara não apenas de um longo isolamento, mas do maior isolamento e do maior desespero dos últimos anos e, no verdadeiro sentido da expressão, me tornara *possível de novo*, consequência também e não em pouca medida da caminhada com ela pela floresta de lariços, malograda apenas quando contemplada na superfície, porque, na realidade, havia de ter surtido o efeito contrário — esse encontro, pois, não constituíra o último dos motivos pelos quais eu agora, depois de tanto tempo, podia retornar tranquilo e em agradável disposição a meu quarto dos livros e, ainda por cima, desfrutar logo da companhia de *O mundo como vontade e representação*. E isso nem me passara pela cabeça, mas o fato é que, depois de uma hora ou mais em companhia de *O mundo como vontade e representação*, de repente senti necessidade de meus estudos científicos, levantei-me, saí do quarto dos livros e fui abrir o outro quarto, no qual havia trancafiado meus estudos científicos, ou seja, todos os escritos científicos e todos os outros livros e escritos pertinentes a esses estudos científicos. Tinha passado tantos meses sem poder ver aqueles escritos, escritos sobre escritos, livros e livros sobre livros, e tudo isso em razão de meu grande desespero. Mas esse estado havia agora chegado ao fim. Devo acrescentar aqui que, nos últimos anos, tinha me visto com bastante frequência nessa situação da mais absoluta falta de perspectiva e de toda e qualquer esperança, é provável que sempre devido às mesmas causas — uma insatisfação constante, aguda, ininterrupta com tudo que me dizia respeito, que paralisava tudo em mim e ia por fim me aniquilando —, era-me, em retrospecto, sempre incompreensível, e cada vez ainda mais incompreensível, como tinha conseguido sair dessa situação, mas essa falta de esperança e de perspectiva em que agora me vira em razão da absoluta falta de esperança e de perspectiva em meu trabalho, que envolvera todo o meu ser e que me paralisara por completo durante meses, tanto intelectual como fisicamente, tinha sido a pior, e creio de fato que, não tivessem surgido aqui os suíços, e acima de tudo a persa, companheira do suíço, esse meu estado, arrastando-se por meses, por todo o verão e por todo o outono, teria me matado. Esses estados, acessos doentios, naturalmente foram piorando, eu já os tinha fazia décadas, de início quase imperceptíveis, tão brandos que nem eram dignos de menção, mas depois, com o início de meus verdadeiros estudos científicos e a efetiva seriedade de meu trabalho filosófico-científico, eles haviam se intensificado cada vez mais, até por fim se revelarem como *sintomas* isolados de uma enfermidade, como, em última instância, uma enfermidade em si e, de fato, como uma *doença grave*. Se, de início, eu ainda podia pensar numa cura, era afinal absurdo esperar que ela acontecesse, e mesmo o surgimento dos suíços não significou essa cura, e sim apenas um abrandamento de meu estado doentio, ou seja, não uma cura, naturalmente, e sim mera interrupção no processo de adoecimento, o qual, devo supor, já dura décadas, um processo que inclusive se estende até hoje e que, tenho certeza, durará a vida toda. Os suíços produziram um abrandamento dos sintomas de minha doença, a doença em si nem eles, naturalmente, puderam curar, salvaram-me apenas de minha imobilidade absoluta, eu tinha ido ao Moritz como se intuísse que eles apareceriam por lá, o acaso é coisa que não existe. Se, em todos os acessos anteriores mais graves, tinha me bastado sair de casa e atravessar a floresta até a casa do Moritz, no caso desse acesso muito grave, o mais grave dos acessos, devo dizer, é provável que já não teria bastado a mera ida ao Moritz, eu próprio tinha visto durante meus esforços desesperados diante dele naquela tarde que meu empenho não conduziria a nada, a coisa nenhuma, por mais que tivesse apostado tudo naquela visita e que tivesse me decidido até mesmo a, como se diz, fazer uma análise de minha enfermidade diante do Moritz; minha visita ao Moritz, que, devo dizer, sempre visitei como a um médico e, portanto, como a um salvador, a alguém capaz de me salvar a mente e o corpo e que ainda hoje, quando não sei mais o que fazer, visito por causa dessa sua capacidade, da qual é provável que ele não tenha consciência nenhuma, a simples ida ao Moritz, pois, para despejar diante dele meu lixo mental e emocional represado, não teria adiantado naquela tarde, eu com certeza fracassaria em meus esforços, a despeito até mesmo do auxílio da mulher do Moritz, da mãe dele e de seu filho, que sempre haviam me ajudado da forma mais altruísta, mas que, naquele meu acesso, não teria sentido algum ir até o Moritz da maneira usual e já utilizada tantas vezes antes, disso eu já sabia no caminho até ele, não havia apenas sentido, *sabia*, e já me resignara com o fracasso antes mesmo de entrar em sua casa, com o fracasso definitivo, com a destruição e o aniquilamento, ninguém, a não ser uma pessoa naquela minha situação desesperadora, é capaz de avaliar o que significa um autodesvelamento total como aquele que eu praticara diante do Moritz, a coragem de descobrir e recobrir *tudo* que me diz respeito sem me poupar de nada e, naturalmente, sem poupá-lo de nada, indiferente em todos os aspectos tanto a sua pessoa quanto à minha naquele meu acesso de crueza mental e emocional, nem ele nem eu tínhamos, em minha cabeça, direito algum a proteção ou consideração. Mas as causas desse novo surto, ainda pior, de minha doença, não se podia buscá-las e encontrá-las apenas em meu trabalho científico, no fato de ele, insuportável, ter exigido demais de mim e ter, assim, me ludibriado e me perturbado mentalmente da forma mais sensível, essas causas, na verdade, fincavam-se também em tudo e todos que me rodeavam, todo o meu entorno, o mais próximo, o próximo, o distante, o mais distante, era culpado por eu ter mergulhado num tal acesso doentio, não em menor medida a vileza, a maldade e a insídia de meu entorno imediato, que parecia ter se aliado mais e mais com o único propósito, reconhecível em todas as suas manifestações, de me destruir e me aniquilar, contra o que minha impotência era completa, e a consciência de minha impotência e da impossibilidade de me proteger daquela disposição de me destruir e aniquilar, somada a minha incapacidade para trabalhar e, portanto, com meu absoluto desamparo no trabalho, tinha contribuído também para provocar essa eclosão terrível de minha enfermidade, além do que as pavorosas circunstâncias políticas reinantes em nosso país e em toda a Europa talvez tenham dado impulso decisivo para essa catástrofe, porque toda a política rumava para o oposto exato daquilo que, segundo minha convicção, seria o correto, o oposto daquilo que ainda hoje tenho convicção de ser o correto. A situação política de repente piorara de um modo que só posso caracterizar como pavoroso e mortal. Os esforços de décadas desvaneceram em poucas semanas, o Estado, de resto instável desde sempre, de fato ruíra em poucas semanas, súbito imperavam de novo a estupidez, a cobiça e a hipocrisia como nos piores tempos do pior dos regimes, e os detentores do poder trabalhavam outra vez, sem nenhum escrúpulo, no extermínio do intelecto. Uma hostilidade ao intelecto que eu já observava fazia anos atingira um novo e repugnante auge, o povo, ou, melhor dizendo, as massas populares eram instigadas pelo governo ao assassinato do intelecto e estimuladas a dar caça à mente e à inteligência. Da noite para o dia, tudo tornara a ser *ditatorial*, e eu, fazia semanas, meses, era obrigado a experimentar em meu próprio corpo como atentavam de novo contra a cabeça de todo ser pensante. O civismo conservador, decidido a tirar do caminho tudo que não lhe convém, o que significa dizer sobretudo a mente e o intelecto, levara a melhor e de repente tornava a ser explorado pelo governo, e não apenas pelo governo austríaco, mas por todos os governos europeus. As massas, apegadas ao estômago e à propriedade, se haviam posto em movimento contra as cabeças e o intelecto. É preciso desconfiar de quem pensa, persegui-lo, como reza a velha palavra de ordem segundo a qual outra vez se agia da forma mais terrível. Os jornais falavam uma língua repulsiva, essa língua repulsiva que sempre falaram, mas, nas décadas anteriores, pelo menos sempre e apenas a meia-voz, ao passo que agora já não tinham motivo para tanto, comportavam-se quase sem exceção como o povo, para, como assassinos do intelecto, agradar a esse mesmo povo. Os sonhos de um mundo do intelecto foram traídos naquelas semanas e jogados na lixeira do povo; as vozes do intelecto emudeceram, baixaram-se as cabeças. Agora reinavam apenas a brutalidade, a vileza e a sordidez. No que diz respeito à paralisação do meu trabalho, esse fato só podia conduzir a uma depressão profunda em todo o meu ser, enfraquecendo-me de tal maneira a, em última instância, resultar na pior eclosão de minha enfermidade. Eu sempre dependera do todo, e, como esse todo de repente piorou, e foi piorando pouco a pouco, cada vez mais séria e pavorosamente, o resultado só podia ser o pior de todos os meus surtos doentios. Por certo, tais *horrores* parecem mais profundos a quem mora no campo, retirado — porque precisa viver ali, obrigado a essa terrível vida no campo em razão de uma grave enfermidade, como é o meu caso —, do que àquele que mora na cidade, porque quem mora no campo como eu e se dedica a um trabalho intelectual está sempre muito concentrado nesse seu trabalho, e, para uma cabeça assim, a absorção de tudo o mais pesa o tempo todo com uma intensidade enorme e incomum, pesa-lhe, vale dizer, sobre o intelecto e o estado de espírito. Quantas vezes não me arrependi de ter me mudado para o campo, se pelo menos tivesse ficado na cidade, porque não sou um homem do campo, ainda que meus pais tenham sido pessoas do campo, o fato de conhecê-lo tão bem não me faz um homem do campo, tenho com a cidade a mesma familiaridade que com o campo e amo a cidade mais do que o campo, que quase sempre só odeio, porque ele quase sempre nada mais fez que me torturar, torturou-me e humilhou-me até onde minha memória alcança, e a vileza e a sordidez do campo são muito maiores que as da cidade, assim como a crueza também é muito maior ali, uma crueza sempre desavergonhada, e, ao contrário da cidade, o campo carece por completo de inteligência. Eu me mudara para o campo por duas razões principais, para não falar das centenas de razões secundárias, isto é, em primeiro lugar porque meu médico me dissera que, em virtude de minha enfermidade pulmonar, eu só conseguiria sobreviver no campo, e, em segundo, porque estava absolutamente disposto a sacrificar a cidade em prol de meus estudos, ou seja, de meu trabalho científico. Mas paguei um preço muito alto, o mais alto dos preços. Sempre senti a vida no campo como punição, porque toda a minha predisposição sempre foi, em última instância, contrária ao campo. Desde que me mudei para o campo, tenho precisado dizer a mim mesmo todo dia que vivo no campo em benefício de meus estudos científicos e de meu pulmão, ou seja, muito simplesmente em benefício da minha possibilidade de existência. Para alguém como eu, a vida no campo é a mais pavorosa forma de vida que há, se é que, no que me diz respeito, se pode falar em forma de vida, e é provável que não se possa. Como moro no campo, eu existo, é o que digo a mim mesmo todo dia, eu vivo, existo, já não viveria nem existiria se tivesse ficado na cidade, mas talvez esse seja um pensamento inteiramente absurdo, porque decerto tanto faz se vivo e, portanto, se existo ou não, mas quando um pensamento como esse se apresenta, ele precisa ser pensado e, tanto quanto possível, pensado até o fim, penso eu. E todo dia sou, no campo, confrontado sem qualquer escrúpulo com o pensamento de que meu sacrifício é um sacrifício sem sentido, porque minha existência é uma existência enferma, doente, e meu trabalho, vão, um fracasso. Só que não tenho coragem de pôr fim a esse pensamento e a pensamentos semelhantes e, portanto, a mim mesmo. Essa coragem sempre me faltou. Minha vida inteira sempre pensei em suicídio, mas nunca fui capaz de me suicidar. E então, como depois do surgimento dos suíços e sobretudo da persa, que, não sei por que razão, me fascinou desde o primeiro momento, e fascinou-me por muitas razões decisivas, é possível que por centenas e centenas de razões capazes de me salvar a vida, todas elas concentradas em sua pessoa, visíveis e em grande medida úteis para mim de imediato, apego-me apenas, e da maneira mais ridícula, desavergonhada e também deprimente, a minha vida e a minha existência. Isso sempre me repugnou, logo deprimindo-me de novo, e agora em dobro. Mas, um dia, é o que sempre digo, farei aquilo que um dia terei de fazer, vou me suicidar, porque minha vida e minha existência perderam o propósito, e dar sempre continuidade a essa absoluta falta de propósito não faz sentido. Eu me perguntava como era possível, logo no dia seguinte ao do encontro com os suíços, eu me reaproximar de meus estudos científicos, estar em condições de subir até o quarto dos livros, começar a ler *O mundo como vontade e representação* e, por fim, chegar mesmo a pensar em retomar meus estudos científicos, retomá-los do ponto onde os havia interrompido, onde precisara interrompê-los seis meses antes. Perguntava-me de onde vinha aquela verdadeira avidez pela vida no dia seguinte ao do encontro com os suíços, uma vez que nenhum de meus acessos anteriores havia tido efeito tão purificador, eles sempre haviam apenas abrandado meu estado, jamais tinham conseguido extingui-lo, o que me leva a pensar que foi a intensidade gigantesca do novo acesso que produziu essa libertação extraordinária. Mas essa libertação naturalmente só podia durar alguns dias, passadas duas ou três semanas eu tornava a sentir um profundo abatimento, o que, no entanto, é outro assunto, que não cabe tratar aqui. Com seu surgimento, e com a ajuda do Moritz e dos seus, os suíços produziram em mim o mais longo período sem nenhum acesso, jamais desfrutei de tanto tempo entre dois acessos sem me ver inteiramente à mercê de minha enfermidade, ou seja, jamais experimentei essa quase libertação como à época de minhas caminhadas com a persa, e é dessa época que se trata aqui; se não tivesse ido morar no campo, não teria desenvolvido a enfermidade dessa forma devastadora, e era lógico que ela piorasse com minha existência no campo, mas, se tivesse ficado na cidade, nem existiria mais, de maneira que a dúvida recente — se não teria sido melhor ficar na cidade em vez de ir para o campo — não tem sentido. Melhor teria sido, talvez, não ter encontrado o Moritz, e sim ter ido a outro corretor de imóveis e comprado uma casa em outro lugar, em vez da ruína que comprei e que possivelmente significou a minha infelicidade. Volta e meia eu atribuía às paredes úmidas e geladas da construção a culpa por minha enfermidade, o fato de, e de resto por uma decisão muito particular, eu existir nesta casa em que sigo existindo ainda hoje e que é a mais insalubre que se pode conceber. Assim, se, por um lado, eu me afastei da cidade, porque ela fazia mal a minha saúde, por outro, mudei-me para uma construção que talvez seja ainda mais insalubre do que a cidade. E de todos esses meus pensamentos, que vivo pensando há tantos anos, naturalmente nunca consegui tirar conclusão alguma. É possível que meu próprio trabalho na construção tenha acabado comigo, porque construí a ruína com minha própria força e quase sem nenhuma ajuda externa. Por anos e anos nada mais fiz que erguer paredes e mais paredes, enfraquecendo-me com isso da maneira mais irresponsável e, é possível, dando o impulso para os acessos doentios cada vez mais graves que se seguiram. É importante saber que esta região é uma das mais sombrias no país todo, e que aqui existem aquelas pessoas que são as mais conformes com essa paisagem sombria e, no fundo, repugnante à vida humana, as pessoas aqui são como a paisagem. Com certeza, eu me mudei para uma paisagem que não está em conformidade comigo, na qual jamais vou *poder* me sentir em casa, se é que a expressão *em casa* é admissível aqui. Assim sendo, sempre tive e só pude ter com essa paisagem uma relação de repulsa, mas, por outro lado, constituiu justamente uma razão para a compra da ruína o fato de a paisagem na qual minha casa se encontra ter muitas semelhanças com a paisagem de onde venho. Todos esses pensamentos, no entanto, não levam a coisa alguma, quanto mais investigo, mais confuso tudo se torna. Se eu próprio tive dificuldades já tão terríveis ao chegar a esta região, que dificuldades ainda maiores não há de ter agora a persa nesta mesma região e numa situação que lhe é inteiramente nova e com certeza tão perversa quanto, pensei comigo. Por um lado, acreditei que o suíço amenizava--lhe essa situação, porque é sabido que duas pessoas lidam melhor com um problema assim do que uma pessoa sozinha, mas, por outro, não tinha certeza de que aquele mesmo suíço, e sobretudo seu jeito de ser, isto é, seu caráter, não tornava ainda muito mais difícil a situação para a persa. A todo momento, buscamos desvelar o que há por trás das coisas e não avançamos, apenas complicamos e desordenamos ainda mais o que já é complicado e desordenado o bastante. Buscamos um culpado em nosso destino, o qual, se somos honestos, só podemos caracterizar a maior parte do tempo como um infortúnio. Matutamos sobre o que deveríamos ter feito melhor ou de outra forma e sobre o que talvez não deveríamos ter feito, porque estamos condenados a tanto, mas isso não leva a nada. A catástrofe era inevitável, dizemos então e, por um tempo, ainda que breve, sossegamos. Depois, porém, começamos outra vez a fazer perguntas, a cavoucar sem cessar até, de novo, quase enlouquecer. A todo instante, buscamos um ou mais culpados, para que, ao menos de momento, tudo se torne suportável, mas, se somos honestos, chegamos naturalmente apenas a nós mesmos. Resignamo-nos com o fato de que, ainda que *contra* a nossa vontade a maior parte do tempo, precisamos existir, porque não há alternativa, e é apenas por nos resignarmos com isso a todo momento, todo dia, a cada instante, que seguimos avançando. Aonde vamos chegar, isso, se somos honestos, sabemos a vida inteira, isto é, à morte, mas evitamos admiti-lo a maior parte do tempo. E por termos essa certeza de não estar senão caminhando para a morte, e por sabermos o que isso significa, procuramos empregar todos os meios possíveis para nos desviar desse conhecimento, de tal forma que o que vemos, quando olhamos com atenção para este mundo, são apenas pessoas contínua e permanentemente ocupadas desse mesmo desviar-se. Como é natural, esse procedimento, que é o principal em todos nós, enfraquece e acelera o desenvolvimento rumo à morte. Sentado a meu canto da sala dos fichários do Moritz na tarde em que os suíços apareceram, esse foi meu pensamento enquanto os contemplava e observava. Esse procedimento de se desviar da morte iminente e inevitável, pensava comigo, domina todas essas pessoas, quem quer que elas sejam. Tudo nelas, em todas elas, nada mais é que um desviar--se da morte. Espantoso é que eu muitas vezes tenha podido desenvolver esses pensamentos justamente diante do Moritz, que tenha podido conversar com ele sobre esses pensamentos referentes à morte. Se ao menos temos uma pessoa perto de nós com a qual podemos, em última instância, falar sobre *tudo*, aí aguentamos, senão, não. É preciso que possamos ir a um Moritz e que possamos falar tudo. Agora eu tinha a persa para esses pensamentos e para as conversas decorrentes deles, e não me enganara. Se, no dia seguinte ao de meu primeiro encontro com ela, eu tinha a intenção de não sair de casa de modo algum, porque de súbito me era possível de novo desfrutar de todos os seus cômodos, era capaz outra vez de me deter em cada um dos cômodos até então fechados, porque medonhos, e me detive neles o dia todo pelo menos pelo tempo necessário para estudar a fundo sua utilidade e, portanto, desfrutar deles de fato — fui ao quarto dos livros e àquele no qual guardara meus escritos científicos, sempre pensando em poder agora de repente existir de novo naquela casa sem precisar sentir um medo constante, qualquer que fosse ele —, de súbito vi--me decidido a sair e caminhar para longe dali, tanto fazia em que direção, e precipitei-me para fora de casa, atravessando os prados encharcados e entrando pela floresta, mas num estado de espírito bem diferente do da véspera, não com medo e terror, e sim confiante. Com efeito, eu gozava agora de um significativo apaziguamento de todo o meu espírito e de claridade mental, dois presentes nos quais, vinte e quatro horas antes, eu não teria nem sequer pensado, e pus-me assim a caminhar e caminhar, volta e meia tomando um caminho mais longo para desfrutar pelo máximo de tempo possível daquele estado de liberdade, de quem escapou de uma enfermidade terrível e se vê em condições de poder existir sem a certeza torturante de ser um doente incurável. Caminhei naquele fim de tarde até a total exaustão pelos prados e através das florestas, e de repente via tudo naqueles prados e florestas com outros olhos, de súbito nada mais se destruía e aniquilava em mim, e mesmo as pessoas que acabei por encontrar, embora fugisse delas, já não me causavam a impressão terrível da véspera. Minha existência parecia de novo possível. Ainda que eu soubesse que esse estado de uma nova possibilidade de existência não duraria muito, aquilo não me preocupava no momento. Aquela cabeça subitamente leve, assim como os membros súbita e igualmente leves, aquela total independência frente a toda dor e a toda humilhação neste mundo, isso tudo só me havia feito feliz, e eu não era de forma alguma obrigado a pensar *sobre mim*. Nesse estado de espírito, não fui para minha casa ao anoitecer, e sim para a casa do Moritz, bati na porta, e a sra. Moritz abriu-a de imediato para mim, que pude subir para a sala dos fichários e me sentar em meu canto. O Moritz não estava em casa, mas voltaria logo, segundo a Moritz, e eu, sozinho diante dela, que sempre tinha trabalhos domésticos a fazer, tive tempo para contemplar com tranquilidade tudo que podia ver de meu canto, a tranquilidade necessária para a contemplação dos objetos, mesmo os mais comuns, como os que havia naquela sala, uma tranquilidade da qual fazia muito tempo que não desfrutava. Pude me entregar à contemplação dos objetos na sala dos fichários do Moritz com total *naturalidade*, sem ser sufocado ou asfixiado por eles, que, no fundo, não foram criados para tanto, mas que, sobretudo na sala dos fichários do Moritz, eram sempre capazes de fazê-lo; com muita frequência, afinal, e quase sempre em meus estados doentios, eu havia tido essa mesma sensação, a de que os objetos ali dentro me sufocavam e asfixiavam, mas agora podia contemplá-los com tranquilidade, porque deixaram-me em paz em minha contemplação. Nenhum pensamento me impedia de contemplar aqueles objetos — armário, poltrona, mesa, escrivaninha etc. — de forma que me parecessem *naturais, em nada pavorosos*, que era como em geral eu tinha de vê-los, assim como boa parte do tempo sou obrigado a ver todos os objetos como se me sufocassem e asfixiassem. Nessa contemplação, e enquanto ouvia lá embaixo a Moritz trabalhando, eu reduzia todos os objetos na sala dos fichários do Moritz a sua função natural — armário, poltrona, mesa, escrivaninha, todos eles reduzidos a sua verdadeira função, não permitindo assim que me atacassem nem me inspirassem medo. Quanta coisa já não vira naquela sala dos fichários, naquela, para mim, famigerada sala em que, quando olhava em torno, eu sempre o fazia tomado pelo maior terror e pelo maior pavor. Quando olhava ao redor, eu sempre via naquela sala dos fichários toda a indecência e a monstruosidade do mundo. Agora, porém, conseguia ver a sala dos fichários como ela é, uma sala agradável, muito agradável, simpática, bem apropriada ao trabalho burocrático do Moritz, com suas duas grandes janelas abertas para o oeste que a mantinham muito bem arejada e quase sempre clara. O mobiliário em si era discutível, mas não tenho direito algum de pôr em dúvida o gosto do Moritz no tocante a sua sala dos fichários, pensei, e bem no momento em que me encontro sentado nela. Então, vi diante de mim todo o cenário da véspera: o Moritz com suas pantufas de feltro, o suíço com seu terno cinza de loja de departamentos, a persa com seu casaco de pele fechado até em cima, um casaco de pele de cordeiro proveniente talvez de sua terra natal, embora a sala estivesse agradavelmente aquecida. Na verdade, via inclusive a mim mesmo sentado no canto, como se me contemplasse a partir do lado oposto da sala, calado, por certo, enquanto os outros falavam, esgotado por completo pela eclosão da minha doença, por meu acesso, incapaz por um bom tempo de pronunciar uma única frase coerente, dizendo apenas uma palavrinha aqui e ali, uma pequena manifestação de aprovação a alguma pergunta que o Moritz dirigira a mim e mais nada, apenas a sensação de esgotamento total. Assim tinha sido no dia anterior. Agora, aquelas pessoas não estavam na sala dos fichários, e eu, sentado a meu canto, as trazia ali para dentro quando assim desejava, ou, conforme o caso, as fazia desaparecer, aquilo me dava prazer e dei prosseguimento àquelas idas e vindas até o Moritz chegar em casa, eu já o ouvia na entrada, ele sempre falava alto e claro, ouvi-o entrar em casa, despir o sobretudo de inverno e perguntar pelo jantar. A Moritz logo lhe disse que eu estava na sala dos fichários, e, sem rodeios, ele logo estava na sala. Abriu uma garrafa de vinho e sentou-se defronte de mim. Como era diferente a situação agora, comparada à de apenas vinte e quatro horas antes. Com toda a tranquilidade, eu agora queria saber do Moritz mais sobre os suíços, como ele os havia conhecido e, naturalmente, por que nunca tinha me falado deles, que me interessavam mais do que todas as outras pessoas, por que nem sequer os mencionara, se sempre mencionava as pessoas interessantes que recebia. Ele, então, deixou claro que eu não ia visitá-lo fazia mais de três meses e que já por isso não poderia ter me dito nada acerca dos suíços. A mim, não parecia fazer tanto tempo que não ia a sua casa, mas ele tinha razão. Que eu tivesse passado três meses isolado, sem sair de casa, ou ao menos de meu terreno, ao longo daqueles três meses, me assustou, assim como que, na verdade, fizesse três meses que não falava com ninguém, parecia-me, sim, que fazia um longo tempo, mas não três meses, se bem que deveria ter me chamado atenção o modo como a proprietária da hospedaria reagira no momento em que, tendo ido buscar a persa, eu adentrara o restaurante da hospedaria. Ela não havia dito acreditar que eu já tinha morrido? É assim que as pessoas falam quando, de súbito, reencontram alguém que não veem há mais tempo que o *normal*. Ela dissera acreditar que eu já tinha morrido, mas isso eu a um só tempo ouvira e *ignorara*. De fato, não saía mais de casa havia três meses, vivendo de meu estoque de mantimentos. Tinha vivido três meses com muito medo dentro de minha própria casa, e aquilo naturalmente havia chamado atenção, razão pela qual as pessoas, ao me ver pela primeira vez fora de casa, me olhavam tão estranho. Todas me olhavam tão estranho como nunca. Depois de meus três meses de, digamos, autoconfinamento em minha própria casa, eu agora lhes parecia ainda mais inquietante do que antes, e elas reagiam em consonância com isso quando me encontravam. Enquanto eu subia para o vilarejo para encontrar a persa no dia anterior, elas se voltavam para me olhar como nunca tinham me olhado antes, com desconfiança e suspeição ainda maiores. Mas eu não podia me deixar desconcertar. Disse ao Moritz que, antes de ele chegar em casa, eu estivera entretido na contemplação de seu escritório, de sua sala dos fichários, *em completa tranquilidade*, eu disse, *muito tranquilo, sem a menor agitação*. Ele me contou de uma viagem a Kirchdorf que lhe tomara a tarde inteira, mas na qual ficara conhecendo muita coisa. Novos terrenos, novas pessoas. Na própria Kirchdorf, relatou, tinha comprado uma velha carabina de 1942 a preço de banana, o que o alegrava. Saiu, então, foi apanhar a carabina, voltou, ergueu-a no ar e podia-se mesmo julgá-lo capaz de dispará-la da janela. Mas baixou a arma, desmontou-a, explicou-me seu funcionamento e a depôs no canto da sala. Aquele era o tipo de situação que poderia tê-lo levado a contar uma de suas histórias de guerra que eu não aguentava mais ouvir, mas ele não o fez, devia estar cansado demais para tanto. As pessoas naquela região, disse, eram as mais abjetas que conhecia, obrigavam-nos a tratá-las com a mesma sordidez com que, em toda e qualquer ocasião, nos tratavam ao topar com elas. No fundo, não mereciam mais do que ser exploradas e ludibriadas. Na presença delas, vivíamos até nos esquecendo de que não eram senão seres humanos. Aquelas viagens, nas quais ele sempre ficava conhecendo novos exemplos das vileza e sordidez humanas, e nas quais eu próprio muitas vezes o acompanhara no passado, até para me afastar de meu trabalho e de minha casa, isto é, dos cárceres do meu trabalho e da minha existência, mas também para, como ele, conhecer novas pessoas, novas personalidades, novas abjeções e monstruosidades, aquelas viagens, pois, sempre o esgotavam e revigoravam a um só tempo. Faz tempo, penso eu, que não o acompanho em suas expedições, mas foi assim que conheci o país inteiro, até seus cantos mais recônditos, todas essas pessoas e suas circunstâncias. E nunca em minha vida aprendi tanto sobre as pessoas como nessas viagens exploratórias com o Moritz, cuja vida sempre foi e continua sendo até hoje negociar terrenos e imóveis de toda sorte, rastrear vendedores e compradores e fazer negócios com eles. E ele sempre fazia apenas bons negócios. Só raras vezes tinha se deixado levar a perpetrar um engodo, menor ou maior, mas nunca criminoso. O Moritz é uma das pessoas de mais caráter que já conheci na vida, ainda que por toda parte afirmassem e sigam afirmando a todo momento o contrário, e nada mais que o contrário. Quase ninguém jamais o conheceu e o enxergou por dentro melhor do que eu. E justamente o fato de que ele era desprezado e, na verdade, odiado por todos foi o que me atraiu nele, sempre tive predileção pelos desprezados e odiados. Ele tocava seus negócios da mesma maneira como outros os deles, comprava e vendia e compra e vende terrenos e imóveis da mesma forma como os trabalhadores trabalham e os camponeses cultivam seus campos e lavouras. E da mesma maneira como o padre reza a missa. Apenas com um pouco mais de tino e um pouco mais de alegria. Que ganhasse mais do que os outros no trabalho e nos negócios deles, isso se devia à natureza de seu ofício. Invejavam tudo nele e o perseguiam dia e noite com sua inveja. Por isso, pareciam-me, todos, repulsivos e baixos. Amaldiçoavam-no e amaldiçoavam também sua mulher, sua mãe e seu filho. Imprimiam-lhe a palavra *negociante* da maneira mais vil. Mas não se incomodavam de fazer negócios com ele, muitas vezes dispostos a negócios sujos que ele só podia recusar, porque os julgava sujos demais. Era quando queriam fazer negócios, fossem camponeses, trabalhadores ou meros proprietários de imóveis, que toda a sua sordidez se mostrava. Tão abjeto quanto eles, o Moritz jamais havia sido. Sua origem era a mais simples possível. Ele não a negava nem se permitia nenhum tipo de luxo. Para tanto, contudo, seus negócios não eram vultosos o bastante. Não conheço ninguém que cuidasse melhor de sua família do que ele. Que tivesse vendido para os suíços, a título de terreno para o ocaso de suas vidas, um prado encharcado, gélido e escuro durante boa parte do dia, quem o levaria a mal por isso, se ao longo de tantos anos esperara por um comprador e durante décadas precisara conduzir centenas de interessados através do cemitério e da floresta até aquele prado, sempre em vão? O lucro que auferiu daí é legítimo. Os suíços podem ter pagado muito por aquele prado, mas o fato é que o queriam. Tinham-no procurado e haviam se encantado com ele. Em resposta a minha pergunta, o Moritz me contou que os suíços tinham visto um de seus anúncios no *Neue Zürcher Zeitung* e vindo direto da Suíça no final de agosto, quando, logo depois de ir apanhá-los na estação, atravessara com eles o cemitério e a floresta em direção àquele prado, que então haviam comprado de imediato. Não tinham levado nem quinze minutos para se decidir, o que logo lembrara o Moritz da compra do meu terreno, porque também eu comprara a ruína e o terreno sobre o qual ela se assentava num intervalo de dez minutos. Os suíços só tinham lançado um breve olhar sobre o prado e dito sim, ao que o Moritz havia ido com eles até o restaurante da hospedaria para redigir o contrato de compra e venda. Enquanto isso, ele, o Moritz, não deixara de chamar a atenção dos suíços para todas as desvantagens daquele prado enquanto terreno. Mas já não fora possível demovê-los da decisão de comprá-lo. Ele, o Moritz, havia inclusive achado divertido apontar mais defeitos e desvantagens no prado do que ele de fato apresentava, mas em vão. O prado passara a ser propriedade dos suíços e, como de costume quando fazia uma venda, o Moritz pagara a conta do restaurante para os suíços e ainda os convidara para jantar em sua casa. Ninguém cozinha tão bem quanto a Moritz. Ainda na noite em que os conheci, como bem me recordo, os suíços seguiam falando com entusiasmo da cozinha da Moritz. No tocante ao preço de venda do terreno, não tinha havido nenhum debate, segundo o Moritz. Embora os suíços sejam famosos por jamais querer pagar o preço estipulado, pagaram sem discutir. A ele, Moritz, jamais ocorrera antes de compradores ficarem *tão* entusiasmados com uma compra sem dúvida ruim, ao menos no entendimento do próprio Moritz. Uma vez fechado o negócio com os suíços, ele quisera me comunicar da venda de imediato, disse o Moritz, mas dera com a cara na porta. Não quisera insistir e me importunar. Que eu não aparecesse na casa dele fazia tanto tempo, isto é, três meses, atribuíra a alguma rusga entre mim e ele para a qual não encontrara explicação. Um dia eu iria reaparecer, pensou consigo. Mas não se tratava de rusga nenhuma, eu apenas me recolhera e me trancara para ficar sozinho com meu desânimo, com minhas depressões que se intensificavam cada vez mais e com minha enfermidade. Que esse estado tivesse durado três meses, senão mais, era-me de novo um pensamento terrível. Eu tinha um interesse extraordinário nos suíços, disse ao Moritz. Via como uma vantagem de excepcional utilidade que eles pretendessem se estabelecer ali e imaginava os suíços vizinhos ideais para uma conversa, menos o suíço em si e mais sua companheira, a persa. Aquilo de que precisara me privar por tantos anos era possível que eu agora logo tivesse na figura dos suíços, ou seja, pessoas com quem poderia estabelecer um contato intelectual. Disse ao Moritz que a persa me interessava como ninguém mais *em tempos recentes*, não disse *há anos*, mas apenas e deliberadamente *em tempos recentes*, ou seja, interessavam-me a sensibilidade e o indubitável alto nível cultural dela. Acima de tudo, eu prescindira por longos anos de uma assim chamada falante de uma língua estrangeira. E a distância entre minha casa e a casa dos suíços era nada menos que a ideal, não muito longe nem muito perto, via-me já visitando os suíços com regularidade. Com o suíço, era provável que tivesse boas conversas sobre *o real e o normal*, imaginei, e, com sua companheira, volta e meia uma *conversa filosófica*. Como eu já sabia àquela altura, a suíça se interessava por música e parecia entender bastante do assunto. Logo em meu primeiro encontro com ela, muitos termos e conceitos mencionados apontavam nessa direção, ela falara em Schubert e sobretudo em Schumann, e eu amava Schumann, tinha me ocupado justamente dele com bastante intensidade em anos recentes. Eu gostava muito de pessoas que, como a persa, afirmavam em tudo que diziam, mesmo quando não o diziam, não poder existir sem a música. E a filosofia não era para ela, que estudara filosofia, nenhuma desconhecida. Sempre amei as chamadas pessoas filosóficas, não os filósofos em si que fui encontrando pela vida e que nada tinham a ver com os filósofos de fato, gente cuja filosofia de professor primário e, portanto, cuja tagarelice de filósofo sempre me repugnou. Não vivemos um tempo de filósofos, todos os que hoje são chamados de filósofos são assim caracterizados equivocada e erroneamente, não são senão ruminadores bastante vulgares, embotados e insensíveis de filosofia, que vivem de publicar centenas, milhares de pensamentos rançosos de segunda, terceira ou quarta mão, lançados nas universidades ou no mercado de livros. Não há filósofos de hoje. Mas existem pessoas filosóficas, e é como uma tal pessoa filosófica, isto é, como alguém que filosofa, que desejo caracterizar a mim mesmo, e também a persa devia ser uma pessoa filosófica. Claro, todo filósofo naturalmente é também apenas uma pessoa que filosofa. Se chegar a tanto, eu disse ao Moritz, e não duvido disso, logo vou visitar os suíços para uma conversa musical, ou, ao contrário, a persa virá até minha casa para uma conversa filosófica. Aí, as noites de inverno, que já começam às quatro da tarde, não serão tão longas. De início, o Moritz pretendera levar os suíços para ver outro terreno, mas, a caminho de lá, tinham chegado de súbito à pradaria, e o Moritz tinha lhes mostrado o prado sem a menor esperança de conseguir vendê-lo a eles, mas os suíços, ou, melhor dizendo, o suíço decidira-se de imediato por aquele terreno e nem quis ver nenhum outro. Ao Moritz, nunca tinha acontecido de um comprador comprar, e comprar de imediato, um terreno que se podia ver com clareza que era invendável, e isso sem nem querer ver outro. O suíço parecera de pronto ao Moritz um *comprador solvente*, sua decisão de comprar o terreno, ele a tinha tomado sem nenhuma influência do Moritz, que, pelo contrário, havia mesmo lhe perguntado se não seria melhor visitar outro terreno, mas o suíço recusara a sugestão, embora, segundo o Moritz, fosse sempre mais vantajoso considerar várias ofertas ao fazer uma compra, só que o suíço não se deixara demover de sua decisão, e o Moritz, por fim, *submetera-se* por completo à decisão do suíço, segundo suas próprias palavras, com as quais dava expressão a como havia cedido ao suíço, que ainda lhe disse, ao Moritz, que ele, o suíço, sempre com sua companheira, já tinha visitado *centenas, quando não milhares de terrenos* — assim exclamara supostamente o suíço ao Moritz —, mas que agora estava cansado de todas aquelas visitas e havia encontrado de fato o terreno ideal, tendo também instado o Moritz a resolver com rapidez os trâmites legais, isto é, a retornar de imediato pela floresta até o vilarejo e o restaurante da hospedaria, a fim de lá redigir o contrato de compra e venda, para que ele, o suíço, pudesse assiná-lo, porque com sua assinatura do contrato de compra e venda punha fim à longa procura por um terreno que, fazia muito tempo, já lhe dava nos nervos; o Moritz podia achar seu modo de agir — isto é, o do suíço — e, portanto, sua decisão rápida e com efeito espantosa de comprar o terreno, ou seja, o prado, tão estranha e mesmo duvidosa quanto quisesse, ele, o suíço, não mudaria aquela decisão, e sem percorrer nem ao menos uma única vez o terreno, isto é, os talvez três mil ou três mil e quinhentos metros de prado, como seria o mais habitual numa compra daquele tipo, os três tinham ido embora dali, se bem que, segundo o Moritz, a companheira do suíço, sentindo muito frio, insistira para que ele, o suíço, partisse de imediato e fosse logo fechar a compra, embora, de acordo com o Moritz, a concordância da companheira do suíço provavelmente nem tivesse sido necessária, o suíço com certeza teria comprado o prado mesmo contra a vontade de sua acompanhante, disse o Moritz, que havia tido a impressão, e essa era sua impressão geral, de que a companheira do suíço não exercia nenhuma influência sobre ele, ainda que estivesse claro que, no passado, e fazia apenas uns poucos anos, ela haveria de ter tido enorme influência sobre o suíço. Na verdade, tudo no suíço, tudo que ele era e tudo aquilo em que se transformara, por certo tinha sido produto de sua companheira, ou assim eu havia pensado logo em meu primeiro contato com os suíços, que sobretudo toda a carreira do suíço como engenheiro, como construtor de usinas de energia elétrica e, acima de tudo, como pessoa famosa era produto de sua companheira, mulheres como a companheira do suíço encontram homens como o suíço e os transformam em pessoas famosas, veem o que é possível fazer deles valendo-se do máximo esforço e de todas as artimanhas possíveis e imagináveis e alcançam seu objetivo ao, com grande empenho e sem um minuto de descanso ao longo de tantos anos, tornar famoso um homem no fundo e por natureza decerto desprovido de ambição e mesmo com uma predisposição para a letargia, obrigando-o simplesmente, e já a partir do momento em que topam um com o outro e se encontram, a uma carreira árdua e fria. O suíço, estava muito claro, tinha sido obrigado a fazer uma tal carreira pela própria persa, que topara com ele nos anos 30, quando ela ainda era uma estudante bem jovem, e o cálculo que ela fizera revelara-se correto, ao menos no que diz respeito à carreira do suíço, porque, em sua área, ele sem dúvida era de fato uma sumidade, isso os suíços tinham provado já desde o princípio não apenas com suas declarações, mas também com documentos específicos, com todo tipo de papel, com fotografias ilustrativas dessa carreira e assim por diante. Na inauguração dessas usinas colossais, reis, rainhas e chefes de Estado, disse-me o Moritz, só apertam a mão de quem as construiu, e, de fato, a fisionomia do suíço estampava, penso eu, tudo aquilo que ele e sua companheira, a persa, haviam me dito em nosso primeiro encontro. Tampouco havia qualquer motivo para desconfiar ou descrer daquilo que o suíço e sua companheira contavam, eu próprio, que, quando em companhia de pessoas, quaisquer que fossem, estava sempre à espreita de contradições, não conseguira identificar nos suíços contradição alguma. O que esse homem, o suíço, diz, é verdade, pensara comigo, e da verdade daquilo que sua companheira afirmara eu também estava convencido. O Moritz, de todo modo, ainda não se recuperara do espanto com o súbito aparecimento daquelas pessoas famosas em sua casa. Segundo ele, no prado que lhe comprara tão depressa, o suíço exclamara pela primeira vez *Este é meu primeiro terreno!*, e isso causara grande impressão no próprio Moritz, que não podia imaginar a existência de gente muito bem de vida, mais ou menos como estava claro ser o caso dos suíços, que, naquela idade já um tanto avançada, nunca havia sido proprietária de um terreno. Como corretor de imóveis, o Moritz só podia supor que qualquer um que se pretendesse socialmente apto havia de possuir um terreno ou ao menos algum bem equivalente, um adulto desprovido de um imóvel era algo que o Moritz tinha dificuldade para imaginar, para ele, no fundo, gente assim nem era humana, de modo que se propusera como missão, sua missão de vida, por assim dizer, transformar em seres humanos aquelas pessoas pobres, destituídas de um terreno e de um bem imóvel, dignas de pena de seu ponto de vista, nem seres humanos eram a seus olhos de corretor de imóveis, missão que cumpriria vendendo-lhes terrenos e imóveis ou, ao menos, tentando sempre vender-lhes terrenos e imóveis. O suíço teria dito ao Moritz que, das dezenas de anúncios a considerar, justo aquele que ele, o Moritz, havia posto no *Neue Zürcher Zeitung* tinha sido o que lhe parecera, ao suíço, o mais atraente, o que levara o Moritz a ter o suíço ainda em mais alta conta. Ao que parecia, os suíços tinham imaginado que aquela era uma região amena, porque assim ela era descrita no mundo todo, e teriam ficado muito surpresos ao encontrar uma região tão sombria. Mas essa constatação apenas reforçara sua decisão de comprar o prado e se estabelecer bem ali, naquela região sombria, precisamente a paisagem sombria havia, na verdade, contribuído para consolidar sua intenção. De acordo com o Moritz, os suíços tinham morado décadas sobretudo na Ásia e na América do Sul, *numa paisagem amena* em que o sol brilha quase sem cessar, o que, ao fim e ao cabo, só os havia enfadado com paisagens e regiões amenas, tinham se queimado ao sol por décadas, o suíço dissera ao Moritz, e ansiavam agora por um lugar que lhes oferecesse sombra e frescor. Era bem o contrário do que sempre queriam e procuravam outros compradores de terrenos e imóveis. Já a caminho do terreno, partindo do vilarejo e atravessando a floresta, parecera ao Moritz que ele conduzia os suíços, ou ao menos o suíço, rumo a uma natureza que lhes era agradável, ou agradável ao menos ao suíço. Este respirara aliviado na floresta escura e úmida, seus passos fazendo-se mais rápidos então, o que sugerira a ele, Moritz, a ideia de mostrar logo aos suíços, e em primeiro lugar, o prado encharcado que, em vão, já mostrara a centenas de pessoas. De pronto, o suíço ficara entusiasmado com a floresta úmida e gélida e não o incomodara que o caminho pela floresta atravessasse o cemitério, contou-me o Moritz, que naturalmente tomara a dianteira, abrindo caminho para os suíços. Bem ao contrário do entusiasmo do suíço, contou-me o Moritz, chamava atenção o silêncio de sua acompanhante, sua companheira, que, no caminho até o prado encharcado, sempre ficara bem para trás e, no fundo, permanecera quieta durante toda a visita ao prado, quando não absolutamente calada, em especial chamara atenção do Moritz que a persa, que, como era natural, ele também tomara por suíça, lhe passasse durante toda a visita a impressão de um desinteresse completo: tinha observado tudo de uma grande distância, decerto propícia a seus pensamentos, e não se imiscuíra em momento algum, não dissera uma única palavra. Peculiar parecera também ao Moritz que, durante a visita, o suíço fizesse o que bem entendesse, sem se preocupar nem um pouco com sua acompanhante, ou essa havia sido a impressão do Moritz, nem uma única vez o suíço dirigira a ela qualquer pergunta, nem mesmo a pergunta decisiva, qual seja, se deveria ou não comprar o terreno que o Moritz e eu chamávamos sempre e apenas de *prado encharcado*. O terreno, afinal, assim pensava o Moritz, era para os dois, sendo, pois, incompreensível que a decisão de comprar o prado fosse tomada apenas pelo suíço. Tendo o suíço comprado o terreno e apertado a mão do Moritz, os três, segundo o Moritz, haviam regressado sem dizer uma só palavra para o vilarejo e para o restaurante da hospedaria. O Moritz não conseguira dizer nada porque ainda estava sob o efeito do, para ele, andamento estranhíssimo daquela venda, e os suíços, por alguma outra razão que só eles conheciam. De acordo com o Moritz, não tinha havido a menor discussão sobre o preço, contrariando a expectativa do próprio Moritz, que, considerando o comportamento do suíço, se preparara para uma longa discussão sobre o preço de venda.

Os suíços tinham ido até o Moritz num daqueles dias de agosto sempre propícios às vendas, o Moritz tinha um faro para o clima favorável ou desfavorável a seus negócios e, quando da venda do prado encharcado aos suíços, fazia um tempo favorável aos negócios lá fora, havia dias em que, dependendo do clima, vendia-se quase tudo, e outros em que, também dependendo do clima, não se vendia nada. De acordo com o Moritz, um bom homem de negócios tinha sempre de levar em conta as condições climáticas reinantes e se perguntar se o tempo em dado momento estava favorável ou não a fazer ou fechar negócios. Muito poucos, porém, levavam em conta essa circunstância decisiva e agiam em consonância com ela. Antes da chegada dos suíços, ele tivera receio, porque acreditara não ter nada de aproveitável a oferecer-lhes, uma vez que dos suíços espera-se em geral o maior grau de exigência que se pode conceber e, de todo modo, já de início eles são inacessíveis a toda e qualquer negociação, insensíveis a todo e qualquer argumento, sobretudo em se tratando de um negócio de compra e venda e, mais ainda, da compra e venda de um terreno ou de um imóvel qualquer. Para o Moritz, fazer negócios com suíços, negociar e, por fim, fechar um negócio com eles era a coisa mais difícil que podia acontecer a um parceiro não suíço. Mas, tendo se preparado para um clima de negociações que ele caracterizara como duro, pronto para tanto, o negócio com os suíços tinha sido, em última instância, um dos mais fáceis que ele, Moritz, já fizera. Muitas vezes, as coisas são bem o contrário daquilo que imaginamos. Tão logo sentaram-se os três no restaurante da hospedaria, e tendo o Moritz se dedicado à redação do contrato de compra e venda, o suíço, segundo o Moritz, retirara uma planta do bolso do casaco que revelou ser a planta da casa que ele pretendia construir no recém-comprado terreno no prado, algo que o Moritz, dizia-me ele agora, jamais vira, ou seja, o comprador de um terreno projetar sua casa ainda antes de saber onde a construiria, afinal era sempre o contrário, acrescentou, primeiro definia-se o terreno e só depois projetava-se a casa a ser construída naquele terreno, razão pela qual há de ter sido grande o espanto do Moritz, que, de início, não acreditou que a planta que o suíço de súbito retirara do bolso do casaco enquanto ele, o Moritz, preparava o contrato de compra e venda fosse de fato a planta da casa a ser construída no terreno do prado comprado havia apenas meia hora, mas o suíço o convenceu de imediato da exatidão daquilo que, para descrença do Moritz, acabara de afirmar, e o fez abrindo a planta sobre a mesa e pondo-se a explicá-la em detalhes. Ele, o suíço, já tinha desenhado aquela planta três anos antes e, aliás, na América do Sul, mais exatamente numa cidadezinha perto de Caracas, a capital da Venezuela, carregava-a consigo fazia três anos, portanto, a planta, de resto, segundo o Moritz, estava em mau estado, talvez de tanto ser retirada e enfiada de volta no bolso do casaco. Em Caracas, disse-me o Moritz, o suíço havia tomado a decisão de se estabelecer *na Áustria, e não na Suíça*, como teria enfatizado expressamente ao Moritz, e isso, segundo o Moritz, por causa dos impostos.

A pedido da companheira do suíço, a proprietária da hospedaria havia ligado a calefação, de início a contragosto, mas, depois, de muito bom grado, porque o restaurante estava gelado e desconfortável, como tantas vezes já no final de agosto, e foi naquele momento que a grande sensibilidade da persa para o frio chamou a atenção dele também, do Moritz, ou seja, que ela, mesmo em circunstâncias normais e, portanto, naturalmente sem nenhum motivo para tanto, vestisse o tempo todo, e já ao chegar, seu casaco de pele de cordeiro com a gola levantada, o que levara o Moritz a perguntar-lhe se estava resfriada, ao que ela, no entanto, respondera que não. A essas mulheres que passaram boa parte de sua existência em países quentes, nosso clima é sempre gelado demais, e mesmo o Moritz havia tido a impressão logo de início de que a companheira do suíço sofria a todo momento com a ideia de que acabaria por morrer de frio. Ao suíço, nosso clima não causava nenhuma preocupação, ele parecia ser o mais saudável dos dois, o que logo se revelou um engano, porque estava muito doente da vesícula e dos rins, além do pulmão destruído pelo cigarro, como era o caso de tantos de seus companheiros de profissão ou mesmo de seus parceiros de negócios. O Moritz ficara perplexo com a exatidão com que o suíço projetara sua casa, o projeto diferenciava-se de outros, comuns ali, não apenas por sua singularidade de fato ousada, mas destacava-se também pela *máxima precisão possível*. Cada linha, cada designação e cada número ali davam prova de que aquela era uma planta suíça, projetada por uma cabeça absolutamente suíça. Ficava claro de imediato que só podia se tratar de uma planta desenhada por um homem muito obstinado, alguém que sentia e pensava sentimentos e pensamentos nada mais que egoístas. Não havia o menor vestígio de qualquer influência feminina. À pergunta do Moritz sobre se a cozinha não se encontrava numa posição desfavorável — porque, imaginando o terreno sobre o qual a casa seria construída, ele, o Moritz, acreditava que a janela da cozinha daria para a floresta —, o suíço apenas rira e dissera que aquele era um projeto que tinha sido *pensado e repensado com muito cuidado ao longo de três anos* e que tudo nele *atendia* a suas necessidades, não havia dito que o projeto atendia às necessidades *de ambos*, ou seja, dele e da companheira, mas apenas *dele*, do suíço, o que até ao Moritz pareceu bastante inescrupuloso. O suíço sempre dizia também, de acordo com o Moritz, que *ele* tinha comprado o terreno, e não que *os dois* o haviam comprado, *isto é, ele e sua companheira*. Depois do sucesso completamente inesperado de seu anúncio no *Neue Zürcher Zeitung*, ele, o Moritz, tinha decidido pôr mais anúncios no *Neue Zürcher Zeitung*, e isso depois de ter tomado a firme decisão de não pôr mais nenhum anúncio no *Neue Zürcher Zeitung*, porque todos os seus anúncios anteriores naquele jornal não tinham produzido o menor resultado ao longo de um ano inteiro, ao passo que agora seu último anúncio no *Neue Zürcher Zeitung* tinha produzido o melhor dos resultados: ele havia vendido o prado encharcado, que permanecera invendável por toda uma década. Enquanto redigia o contrato de compra e venda, o Moritz, assim me disse ele, pensava sobre qual seria a relação real entre os suíços, que, de início, ele naturalmente imaginara serem casados, o que os próprios suíços logo haviam corrigido, tendo o suíço usado a palavra *companheira*. Ele, o suíço, havia dito ao Moritz que pretendia voltar à Suíça já na noite seguinte, a fim de lá dar início aos importantes preparativos para o começo da construção, fazer pesquisas relativas ao material mais adequado, porque ele de pronto expressara ao Moritz suas dúvidas quanto à qualidade dos materiais de construção austríacos e tinha também se manifestado desfavoravelmente no tocante aos preços desses materiais na Áustria, a questão agora era como atravessar a fronteira da Suíça com a Áustria transportando aqueles materiais, sobretudo como ludibriar a alfândega com habilidade e sem chamar atenção, de forma a economizar custos imensos, espantosos ao Moritz, como aqueles que o suíço logo revelou-se capaz de calcular diante dele, ali mesmo, na mesa do restaurante. Aquela construção deveria empregar apenas o que havia de melhor e mais caro, mas ele, o suíço, jamais pagara em toda a sua vida o preço mais alto por fosse o que fosse. Pediu, então, ao Moritz que pensasse em como ele, o suíço, poderia encontrar os melhores trabalhadores ao preço mais em conta, ao que o Moritz lhe prometera de imediato os trabalhadores ideais, ou seja, os da chamada *etnia alemã* que viviam ali e com os quais ele, o Moritz, sempre trabalhara. Também ao suíço logo ficou claro que os trabalhadores da chamada *etnia alemã* eram bons e baratos. Natural de Zug, mas criado em Berna, onde frequentara a escola de engenharia local, o suíço tinha não apenas gostado, mas, segundo o Moritz, ficara mesmo e de pronto fascinado com o fato de o terreno recém-adquirido apresentar-se bastante íngreme, justamente a característica que sempre havia sido o motivo pelo qual ele permanecera invendável. Ele, o Moritz, chamara a atenção do suíço inclusive para o alto grau de umidade do terreno, o que, no entanto, não incomodara nem um pouco o destinatário daquele esclarecimento tão franco. No inverno, o Moritz revelara ainda ao suíço, o terreno, sob certas condições, tornava-se mesmo inacessível, porque era então impossível afastar a neve. Tampouco essa advertência comovera o suíço. Além disso, o Moritz me contou ter dito ao suíço, o acesso a ele se dava através da floresta gelada e quase sempre escura, não era para qualquer um. Era provável, pois, que, quisessem ou não, eles, os suíços, precisariam se abastecer de gêneros alimentícios para várias semanas, porque, sob certas condições, não poderiam mais, e por um bom tempo, sair de casa para ir ao vilarejo. Segundo o Moritz, o suíço não se deixara inquietar por nada daquilo. A sugestão de que, de comum acordo com os proprietários da área de floresta e mediante um contrato vitalício de arrendamento, por exemplo, o suíço mandasse construir um acesso decente por ali, ele, o suíço, segundo o Moritz, recusara. Bastavam-lhe no momento as condições reinantes, não pensava em construir uma tal passagem. Mas, no inverno, todo o entorno do terreno virava um lamaçal, o Moritz havia dito ao suíço. Também isso não o impressionara nem um pouco. O tempo todo, sua companheira permanecera sem dizer uma única palavra, sentada à mesa bebendo chá e fumando, sempre com seu casaco de pele de cordeiro, como se houvesse engatinhado para dentro dele, segundo o Moritz, olhando sem cessar para o tampo da mesa e, aliás, para um único e mesmo ponto do tampo. O Moritz tem uma caligrafia simples e regular, razão pela qual seus contratos de compra e venda são limpos e de aspecto agradável, inspiram confiança, conforme lhe dissera o próprio suíço depois de ler na íntegra o contrato redigido com vagar e ponderação pelo Moritz, contou-me este último, e naturalmente lhe chamara atenção que o suíço o cumprimentasse pela caligrafia, mas não se manifestasse em absoluto sobre o conteúdo do contrato. O Moritz nem acreditou quando o suíço de fato o assinou. Negócios expeditos como aquele, disse-me o Moritz, só lhe apareciam a cada dois ou três anos. Já no dia seguinte o suíço depositara a soma total da compra sobre a mesa, diante do Moritz. Como eu mesmo sei, os suíços preferem quase sempre pagar em dinheiro, evitam tanto quanto possível a via bancária. E, de fato, na noite seguinte o suíço voltara para a Suíça, disse o Moritz, deixando a companheira para trás, na hospedaria. Ele, o Moritz, acreditando não poder deixá-la sozinha ali, à mercê de relações inteiramente novas e de todo modo irritantes para ela, não só no vilarejo, mas sobretudo na própria hospedaria, convidara-a para jantar por vários dias seguidos, o que havia sido muito conveniente para ela e uma novidade bem-vinda para os Moritz, uma vez que a cada noite a persa lhes contava muita coisa, e coisas interessantes, sobre sua própria vida e também sobre sua vida com o suíço, de modo que ela jamais os entediava nem por um instante, tanto que ele, o Moritz, de fato tentara várias vezes falar comigo, mas eu me mostrara absolutamente inacessível, trancado ali, em minha casa, em meu *cárcere de trabalho*, como disse o Moritz citando minhas palavras, eu não teria admitido uma única pessoa naquele meu cárcere, jamais teria aberto nem mesmo uma janela caso ele, o Moritz, tivesse batido na porta, o que não fez senão confirmar-lhe mais e mais a suspeita de que, por uma rusga qualquer que lhe era, porém, incompreensível, eu não desejava ter nenhum contato com ele. Eu, o mais receptivo àquelas histórias e relatos e mesmo o mais ávido por eles — disse de mim o Moritz —, jamais teria me cansado, disto ele tinha certeza, de ouvir as histórias e os relatos da persa, que só depois da partida do suíço se tornara tão falante. Ele, o Moritz, tinha mencionado minha existência à persa, e ela de pronto mostrara-se muito curiosa, mas, sobre mim, ele não tinha contado a ela mais do que o estritamente necessário para satisfazê-la, ou seja, que, como ela, eu era um amigo que tinha aparecido na região fazia dez ou doze anos, que havia comprado dele um terreno contendo uma casa em ruínas e que me dedicava aos estudos científicos. Ela precisava me conhecer, sem falta, ele havia dito à persa, acrescentando que todo dia ficava à minha espera, porque era hábito de seu amigo, dissera o Moritz sobre mim, aparecer quase toda noite na casa dele. Em períodos de muito trabalho, porém, eu não ia, completara o Moritz. Era provável, era certeza que aquele era um tal período e que, por essa razão, eu não aparecia. Ele despertara, pois, a curiosidade da persa a meu respeito. Mas levou ainda três meses até que, da maneira já relatada, eu ficasse conhecendo a persa. Interessava-me agora saber do Moritz o máximo possível sobre os suíços e, em particular, sobre a persa, elucidar os fatos desde a época de seu aparecimento e, portanto, desde o momento da compra do terreno até aquele em que a conheci, o encontro com os suíços na véspera havia me impressionado tanto que não pude senão querer saber do Moritz todo o possível sobre os suíços, e mesmo aquilo que talvez tenha lhe parecido, ao Moritz, secundário. A persa — fui então sabendo pouco a pouco pelo Moritz — provinha de uma estirpe de respeito, da mais alta camada da sociedade iraniana, de início tinha sido criada em Isfahan, depois na Inglaterra e, por fim, tinham-na enviado para a universidade em Paris. O interesse pela música, que ela confessara ao Moritz já no primeiro encontro de ambos, a havia conduzido a Viena ainda aos dezoito anos de idade, mas desde então nunca mais vira a cidade. O suíço, que, depois dos estudos em Berna, cursava uma escola técnica superior em Paris, a conhecera apenas de passagem e logo passou a ter com ela um relacionamento mais estreito e, por fim, duradouro. Contra a vontade dos pais dela, os dois tinham ido morar juntos, e a persa abrira mão da própria carreira em prol de seu amante e da carreira dele, o que significava dizer que tinha abandonado o estudo da filosofia pelo suíço. Quanto chegara a avançar em seus estudos, não sei até hoje, mas isso não é essencial. Tinha dezenove anos e, no verdadeiro sentido da palavra, abandonara a si própria, passando a se dedicar a partir daí ao avanço e ao progresso profissional do companheiro, à ascensão do suíço como arquiteto e, por fim, como engenheiro especializado em usinas de energia elétrica. Instalara-se em sua cabeça a ambição por uma carreira impreterível e exclusivamente extraordinária do companheiro, e ela, por fim, subordinara por completo a própria existência à existência do suíço. É sabido que mulheres como a persa são capazes de abandonar tudo pela carreira de um homem como o suíço, e a persa de fato abandonara tudo pelo companheiro, é provável que o tenha feito da noite para o dia, na verdade renunciara de pronto ao desenvolvimento de seus próprios e espantosos talentos. É natural para uma mulher asiática subordinar-se e sacrificar-se por inteiro e por completo ao homem. Esse sacrifício assegurava a ela um *propósito na vida*. Os dois haviam se encontrado numa idade ideal para um vínculo dessa natureza, ela, aos dezenove, ele, dez anos mais velho, impondo-se desde logo a tarefa de suas vidas na medida em que de pronto apostaram tudo em desenvolver ao máximo o talento do suíço e em impulsionar ao máximo sua carreira. Mulheres como a persa não deixam escapar o talento de um homem assim, apto a ser alçado ao topo da fama mundial, ainda que, por iniciativa própria, ele jamais chegaria tão longe. Homens como o suíço em geral permanecem a vida toda com os pés fincados no chão e não alcançam mais do que a mediocridade enfadonha e desinteressante, a não ser que encontrem mulheres como a persa. O suíço logo deve ter enxergado na mulher a chance de sua vida e de pronto pusera-se à disposição da ambição dela no tocante à carreira do companheiro, do inacreditável experimento da persa com as capacidades dele, como há de ter pensado. Era provável que o talento e a inteligência dele fossem os ideais para as intenções dela, e o experimento tivera início sem demora, ainda em Paris. É possível que, por essas mesmas razões profissionais e de carreira, tenha havido um acordo entre eles de que não se casariam, um casamento poderia, sob certas condições, pôr por terra o plano dela, e é provável que tenha partido da persa, ao menos de início, a intenção e mesmo o juramento de não se casar, é bastante provável que tenha sido assim, dados o refinamento e a elevada inteligência dela. Desse modo, sem se casar, haviam se concentrado juntos e, a um só tempo, independentemente um do outro, e já de saída com maiores possibilidades de avanço, na missão de sua vida, no verdadeiro propósito da vida de ambos. A tudo isso acrescera-se, como atrativo supremo dessa sua união, a origem, em essência, diversa de cada um deles no tocante a raça e procedência social. Ao menos nos primeiros tempos, hão naturalmente de ter considerado um ao outro o complemento ideal. Do suíço, o Moritz sabia dizer que o pai dele tinha um pequeno comércio em Zug que, como em nossos armazéns austríacos, vendia todo o necessário para a vida cotidiana, o que lembrou ao Moritz que também seu pai fora proprietário de um pequeno comércio e que ele próprio, o Moritz, tinha começado como aprendiz, depois como ajudante e, por fim, como pequeno comerciante. Aos chamados negócios imobiliários, ele chegara relativamente tarde, apenas no final dos anos 50. Tinha se mudado de Linz, sua terra natal, a mais repugnante e por certo a mais feia das cidades austríacas, para o campo e, no campo, pretendera montar um pequeno comércio, razão pela qual comprara um imóvel ali na região. Como, porém, gastara todo o seu dinheiro na compra do terreno que escolhera, precisara vender um pequeno pedaço desse mesmo terreno e, para seu grande espanto, recebera por aquele pedacinho do terreno a mesma soma que havia pagado pelo terreno todo; desse modo, tomara gosto pelo comércio de imóveis e logo passara a atuar apenas nessa área. O suíço é um exemplo de como alguém que, proveniente de um contexto modesto, do mais modesto que há (de Zug), mas tendo encontrado no momento decisivo, e decisivo para sua vida, aquela pessoa adequada a ele e a seus talentos, pode ser alçado e conduzido às maiores alturas por essa pessoa em tudo e por tudo decisiva para ele. O suíço, portanto, não era um daqueles cujo grande talento, por não ter sido acolhido e incentivado de verdade por uma pessoa decisiva como a persa, está fadado a atrofiar. Se não soubéssemos quantos milhões de talentos extraordinários estão fadados a atrofiar a cada dia, porque não são acolhidos, incentivados, desenvolvidos e alçados por fim às maiores alturas! No tocante a seu talento, o suíço era uma daquelas pessoas que, já por natureza, eram incapazes de caminhar sozinhas, à diferença daquelas que só andam sozinhas e só conseguem desenvolver sozinhas seu talento, e desenvolvê-los até as maiores alturas. Era um daqueles que por si só, ou seja, sozinho, nada consegue com seu talento ou com seus talentos, porque era um homem fraco, à diferença dos fortes, que só conseguem andar e desenvolver sozinhos, e apenas sozinhos, seu talento, e desenvolvê-los até as maiores alturas. Nesse sentido, havia tido a maior das sortes ao encontrar a persa, dotada de uma força de vontade de fato descomunal. Tanto interior como exteriormente, ela aplainara o caminho para ele, e, depois, todos os caminhos. Desde criança a persa sempre conseguira o que queria, mas, além disso, sempre havia tido acesso a todas as camadas decisivas da sociedade e, portanto, aos que definem e detêm o poder. Uma vez desenvolvidas a contento as capacidades do suíço, ele não tinha o que temer: os grandes contratos viriam. Mas ela não lhe estava dando nada daquilo de presente, assim como também ele, com o tempo, não se permitira mais nada, e isso a partir do momento em que compreendeu de uma vez por todas do que se tratava. A partir do instante em que enxergaram com clareza sua meta, ou seja, o topo da carreira do suíço, a existência de ambos só podia ser uma existência tensionada até o limite extremo de suas possibilidades e voltada para nada mais que a meta estabelecida. Dali em diante, não havia neles espaço para mais nada. No momento em que apareceram ali, naquela região, já tinham vivido mais de quatro décadas um com o outro, e naquelas quatro décadas o suíço já construíra quatro grandes usinas de energia elétrica, ou seja, uma usina por década. Sentado defronte do Moritz, lembrei-me então, como disse a ele, das fotografias que o suíço mostrara quando de nosso primeiro encontro, nas quais se podia vê-lo apertando a mão da rainha da Inglaterra, do presidente dos Estados Unidos, do xá da Pérsia e do rei espanhol. Faltava uma fotografia, eu disse ao Moritz: a do suíço apertando a mão do presidente da Venezuela. Um dia, brinquei, o suíço vai nos mostrar essa fotografia, em que pela última vez ele aperta *a mão de um tal dignitário*. Minha esperança era a de que a persa fosse até a casa do Moritz naquela noite, mas esperei em vão. Embora o suíço tivesse outra vez partido à noite para a Suíça, como eu acabara de ficar sabendo pelo Moritz, a persa não apareceu. No fundo, me convinha, porque, quando tornasse a encontrá-la, queria encontrá-la sozinho. Havia comunicado a ela que iria buscá-la para uma segunda caminhada pela floresta de lariços. Mas não tive mais coragem nem forças para fazê-lo ainda naquela noite. Imaginei que tampouco lhe seria conveniente, mas não sei por quê. Despedira-me do Moritz com poucas palavras e atravessara a floresta a caminho de casa. O resultado de minha visita ao Moritz havia sido mais do que esclarecedor, tinha ficado sabendo muita coisa sobre os suíços. A noite já ia pela metade, e eu seguia ainda e sempre ocupando-me daquilo que o Moritz me relatara. Ainda ao adormecer pensei comigo que agora, de súbito, tinha nos suíços pessoas na região com as quais era possível um convívio mais exigente, e não apenas aquele habitual e cada vez mais embotado de todos os dias, do ano inteiro, de todos os momentos. Minha maior esperança, eu a depositava no contato com a persa. Isso foi no final de outubro, na estação do ano em que, por natureza, sempre enfrento o maior grau de dificuldade para existir. Não me cabia esperar ser libertado de minhas depressões ainda nesse ano, depressões que se intensificavam sobretudo no período da tarde com toda a violência de suas causas e até o limite da minha capacidade de suportá-las, só os suíços haviam, naquele momento, me libertado delas, mas nada me libertara nos muitos anos anteriores, elas persistiam e seguiam surtindo seu efeito até o mês de dezembro, em consonância com o declínio da natureza. Mas, talvez pelo próprio fato de agora terem se apresentado tão mais fortes e inescrupulosas do que em anos anteriores, e porque com certeza essas minhas depressões teriam me matado, talvez por isso os suíços tivessem aparecido. Esse, contudo, é um pensamento absurdo. Por outro lado, como decerto já aprendi ao longo da minha vida, os pensamentos absurdos são precisamente os mais claros, e os mais absurdos, os mais importantes que há. Tendo recuado de meus estudos científicos, lembrado a mim mesmo meu grande amor pela música e me ocupado de Schumann a partir do final do verão, eu acreditara poder escapar de minha enfermidade, o que se revelara um equívoco. A música não surtira agora em minha cabeça e em todo o meu ser o mesmo efeito que em anos anteriores, sempre havia sido ela a me salvar da ruína certa e da aniquilação, mas esse remédio salvador não produzira seu efeito. Torno a ver-me agora com toda a clareza enfiando-me, com todas as forças à minha disposição e com minhas partituras de Schumann, no cômodo ao lado do quarto dos livros, no mais gélido de minha casa, aquele que eu chamava de *quarto das aranhas*, na tentativa de me ocupar outra vez do compositor. A vida toda me ocupei de Schumann como de nenhum outro compositor — Schopenhauer, o filósofo, por um lado, Schumann, o compositor, por outro —, mas de repente não conseguia mais ter acesso à música de Schumann e pensei comigo que, de súbito, não encontrava mais acesso à música schumanniana, a que sempre tivera acesso, a música de Schumann sempre tinha sido minha salvação, assim como, por outro lado, *O mundo como vontade e representação*, e precisei então abandonar minha tentativa de me salvar de minhas depressões por intermédio de Schumann. Como poucas pessoas, eu tinha a possibilidade de me retirar apenas com uma partitura de Schumann e ouvir a música escrita ali, não precisava de instrumento algum, ao contrário, sem os instrumentos eu ouvia a música com muito mais clareza e pureza, ouvir sua arquitetura com a partitura nas mãos e, claro, com a ajuda do mais absoluto silêncio exterior era para mim uma experiência autêntica. Para tanto, é imprescindível ser possuidor de um ouvido absoluto. Mas nem Schopenhauer nem Schumann haviam logrado produzir ao menos um abrandamento de meu estado, isto é, não tinham conseguido tranquilizar nem meu estado emocional nem meu estado mental, ambos sempre dominados com igual intensidade por minha doença. Meus estados emocional e mental seguiam apresentando sempre a mesma condição. Durante anos eu havia tido a possibilidade de me salvar com a ajuda de Schopenhauer, e quando não de Schopenhauer, de Schumann, mas agora, por mais que tivesse me esforçado, nenhum dos dois produzira em mim efeito algum. Era como se, no tocante a Schopenhauer e Schumann, tudo tivesse morrido dentro de mim. Todo o meu ser sempre fora grato e receptivo ao máximo a esses dois, mas dessa vez eu não havia tido nem cabeça nem compreensão para eles. E esse fato, o de não ter sido salvo nem por Schopenhauer nem por Schumann, essa experiência terrível, essa possibilidade de meu intelecto e minha audição estarem de fato mortos tanto para Schopenhauer como para Schumann, o ineditismo dessa descoberta de ser de todo *imune* tanto à filosofia quanto à música, tinha provavelmente me precipitado naquele estado em que meu ser, minha cabeça e meu corpo de fato não aguentaram mais, fazendo então com que eu saísse de casa e atravessasse a floresta rumo ao Moritz. E, com efeito, lembro-me bem de, logo ao chegar ao Moritz, ter dito a ele *nem Schopenhauer nem Schumann*, o que ele talvez nem tenha conseguido entender, porque naquele momento eu não pudera me explicar melhor. O fato de eu de repente não ter mais acesso nem a Schopenhauer nem a Schumann, àqueles aos quais sempre havia tido acesso desde que aprendera a pensar, tinha me lançado naquele estado homicida de angústia, e, para não enlouquecer ou perder o juízo de fato, precisara sair de casa e ir até o Moritz. O pavor momentâneo daquele acesso havia feito ao menos com que, por esse motivo, eu saísse de casa e fosse conduzido até a casa do Moritz. *Nem Schumann nem Schopenhauer*, eu havia dito a ele ao me sentar a meu canto da sala dos fichários para, a seguir, assaltá-lo com minha verborragia delirante e ofendê-lo da maneira mais inadmissível. Depois, com a chegada repentina e a entrada dos suíços na casa do Moritz, dera-se então a guinada e, portanto, a salvação. Tendo eles chegado ao Moritz e adentrado a sala dos fichários com seu tema mais do que real, seu assunto principal, isto é, a construção da casa, eles, à sua maneira, tinham me salvado. Na medida em que ignoraram meu problema, e naturalmente não apenas os suíços, mas, naquele momento, o Moritz também, todos eles, e penso agora que talvez da forma mais redentora para mim, tinham me salvado, e de fato instalara-se em mim um apaziguamento imediato de meu estado mental e emocional. Ouvi-los de súbito falar de parafusos e porcas, de argamassa e madeira, de barro e talude e de tábuas e vigas havia me salvado. E como os suíços nada soubessem de meu estado nem tivessem como saber dele, tampouco tiveram ideia do que seu aparecimento no Moritz provocara em mim, a quem, afinal, não conheciam. Para uma salvação, portanto, para minha salvação, tudo tinha sido ideal. E, no dia seguinte ao do encontro com os suíços, me fora possível outra vez me *aproximar* de Schopenhauer (e, depois, de Schumann também) e voltar a ler *O mundo como vontade e representação*. De novo, tinha sucesso em minha tentativa de ouvir Schumann lá em cima, no quarto das aranhas. Mas, se os suíços não tivessem aparecido, e aparecido, aliás, no momento decisivo, eu provavelmente teria ficado louco ou demente, com certeza não teria conseguido sobreviver. O que já se pode de fato reconhecer há algum tempo nesse *método* e é também coerente do ponto de vista médico é que, se esses acessos seguirem se intensificando, e disso não resta dúvida inclusive por sua lógica até o momento, não terei muitos mais. Nesse sentido, meu futuro está claro para mim, e seria despropositado me precipitar. A existência que levo, e que naturalmente é conduzida há tanto tempo apenas por minha enfermidade, entrou em seu estágio final. Bom seria ter ao menos a possibilidade de volta e meia me ocupar de *O mundo como vontade e representação*, a possibilidade de me ocupar a vida inteira de *O mundo como vontade e representação* e de seguir entrando no quarto das aranhas, assim penso eu, com o filósofo Schopenhauer de um lado e o compositor Schumann de outro, e, dando sequência lógica a meu raciocínio, com o compositor Schopenhauer e o filósofo Schumann, porque, assim como Schopenhauer é na verdade filósofo, ele é também compositor, tanto quanto Schumann é compositor e na verdade filósofo. Já há muitos anos tentei dar início a um estudo em que buscava ressaltar o compositor em Schopenhauer e o filósofo em Schumann, estudo que acabei por abandonar, mas que agora talvez tenha chegado o momento de retomar. Justamente porque ainda e sempre me vejo incapaz de me dedicar a meus estudos científicos, *aos anticorpos na natureza*, e porque com certeza será necessário no futuro, se é que vou ter esse futuro, intensificar ainda mais esses estudos sobre os anticorpos na natureza, caso eu não deseje correr o risco de fracassar em definitivo nesses meus estudos de uma vida inteira, convém não descuidar de meus *contraestudos*, ou seja, daqueles musicais e filosóficos e dos filosófico--musicais e vice-versa, porque talvez ainda me reste um período no qual estarei capacitado a todos esses estudos. O ocorrido nas últimas semanas torna-se de súbito mais claro, torna-se suportável para mim em decorrência também de minha tentativa de torná-lo suportável mediante estes apontamentos, que não têm outro propósito senão o de fixar por escrito o encontro com os suíços e em especial com a persa, e de assim me aliviar e dar-me, talvez, novo acesso a meus estudos. Escrevendo estas notas pretendo alcançar a um só tempo diversos objetivos, fixar a lembrança da persa, por um lado, e melhorar meu estado, prolongar minha existência, o que eu talvez consiga graças justamente a estes apontamentos que ora registro. Minhas outras tentativas de fazê-lo malograram, só podiam malograr, e isso já porque o momento para tanto ainda não havia chegado, porque eu não tinha ainda o necessário distanciamento. Agora, porém, posso registrar estes apontamentos, por mais incompletos que tenham de ser. A persa seguiu seu caminho. Como todos os caminhos, um caminho *possível ao ser humano*. Pelo menos desde o momento em que conheceu seu companheiro, o suíço, ela não podia esperar outro caminho. Como tinha sido de fato esse seu caminho antes de ela chegar aqui com o suíço, nisso fui obrigado a permanecer no escuro. Não consegui obter mais informações a esse respeito do que as que ela própria me deu, só pude, pois, conjecturar. Mas, ainda que tivesse descoberto mais sobre a persa, isso decerto não teria mudado minha impressão dela como um ser humano fracassado. Uma existência como mecanismo sacrificial possível aos seres humanos, penso eu. E penso que não foi coincidência ela ter topado com o suíço em Paris, a fim de sacrificar-se por ele. Durante quatro décadas ela existira mais ou menos feliz ao lado daquele homem, feliz inclusive, talvez, em certos períodos rápidos de trabalho obsessivo, existira ao lado dele para trabalhar em seu próprio projeto de vida, ou seja, na ascensão de seu homem, o suíço, destinado a essa ascensão, à fama imposta por ela. Para a persa, não tinha sido um caminho sem fim, a vida dela passara depressa, tudo nela me confirmava isso. E ela podia dizer a si própria que tinha construído *juntamente com ele* as quatro usinas de energia elétrica que ele erigira. E quando ele, o suíço, apertava as mãos de um famoso *dignitário*, ela estava logo atrás, as fotografias comprovam. Um dia, então, em algum momento conveniente à natureza, todo o sistema ruiu, eles tomaram a decisão de pôr fim àquela continuada obsessão megalomaníaca e saíram à procura de um assim chamado *terreno para a velhice*, tendo comprado o prado encharcado atrás do cemitério e começado a erguer ali uma casa. E com que avidez o suíço lançara-se à construção, visto que, enquanto sua verdadeira cabeça de arquiteto estava na usina de energia venezuelana, ainda inconclusa e exigindo toda a sua atenção, já os alicerces de seu *lar para a velhice* iam sendo concretados, e os materiais necessários ao término da casa, comprados. Mais uma ou duas viagens à América do Sul, como ele havia dito, e pronto. A persa sempre assistira a tudo em completo silêncio, sem tecer um único comentário. Sua passividade crescente tornara-se já irritante. A desconsideração com a qual o suíço, ao que parecia com frequência cada vez maior, agia contra a vontade da companheira, na verdade cada vez mais contra a vontade dela, era assustadora. Eu não sei se alguma vez ela manifestou algum desejo no tocante à casa atrás do cemitério e da floresta, mas o certo é que o suíço não atendeu ao mais mínimo desejo da parte dela. Uma resignação profunda, como a que se abate sobre os fracassados a partir de determinado momento e persiste pelo resto da vida, foi o que notei em minha segunda caminhada com a persa, que, como a primeira, nos conduziu à floresta de lariços. Dessa vez, não mais nos embrenhamos apenas calados pela floresta de lariços, e cada vez mais fundo na escuridão sinistra daquela floresta, e sim de imediato numa discussão que dizia respeito diretamente à situação dela. *Ela* começou, e *não eu*, foi *ela* que, como eu no Moritz alguns dias antes em completo desespero, derramou sobre mim razão e coração, e o fez com não menos veemência e desconsideração do que eu, alguns dias antes, diante do Moritz, como se ela estivesse agora na mesma situação que eu, alguns dias antes. E assim como eu, alguns dias antes, me comportara diante do Moritz da maneira já exposta, ou antes sempre e apenas insinuada aqui, a persa agora comportava-se diante de mim de forma semelhante, sem qualquer consideração para comigo ou para com ela própria, tendo encontrado em mim sua vítima, assim como eu, alguns dias antes, tinha encontrado a minha no Moritz. Era como se, naquela caminhada pela floresta de lariços, as décadas represadas de convívio com o companheiro, que, assim acreditava ela, estava na Suíça naquele momento, a tivessem de repente posto em movimento e obrigado a falar. Até então, eu jamais ouvira de pessoa alguma coisas mais terríveis sobre a vida e o mundo do que as que ela dizia, ninguém até aquele momento havia ousado falar-me de forma tão desinibida e autoaniquiladora, e, durante todo esse processo de desvelamento desencadeado por ela e por ela posto em marcha com franqueza e desconsideração crescentes, só pude pensar o tempo todo que assim tinha sido alguns dias antes para o Moritz, que, repugnado por tamanha ignomínia, não pudera se abster de horrorizar-se diante de mim da mesma forma como eu, agora, tampouco podia fazê-lo diante da persa. Só então, no curso desse desavergonhado autodesvelamento da persa, envergonhei-me de pensar que, como ela fazia agora comigo, também eu havia me virado do avesso diante do Moritz. Mas uma pessoa assim, de fato e em última instância num desamparo completo, como de repente percebi, naturalmente demandava minha atenção em muito maior grau. Ela não conseguia se aquietar e dizia a todo momento que sua vida não tinha sentido, que, com plena consciência, tudo em sua vida a conduzira a uma existência em última instância sem sentido nem propósito. Tinha se unido ao suíço para *maltratar* sua própria existência e executado com plena consciência esse ato de autoaniquilação. *Ela* havia se unido ao suíço e, ao fazê-lo, tinha se unido a um talento, amara esse talento e suas possibilidades de desenvolvimento, mas o suíço como indivíduo, como caráter, não, este sempre a repugnara, e nada mais. Enquanto lhe fora possível desenvolver *o talento* do suíço — duas ou três vezes, quase usou a palavra "genialidade" —, tudo andara bem, seu sistema ruíra no momento em que o talento ou a genialidade do suíço não mais se mostrara capaz de desenvolver-se. E isso se dera fazia agora mais de duas décadas. Daquele momento em diante, tudo se tornara apenas horroroso para ela. Seu companheiro, o suíço, agora se vingava da *aposta* que ela havia feito, segundo as palavras da própria persa, e construía a casa atrás do cemitério e atrás da floresta para se desembaraçar dela. Agora que ela se tornara velha e feia — aproximava-se dos sessenta, o suíço, dos setenta anos —, ele estava se afastando, deixava-a na mão. Ela suspeitava que os interesses dele haviam se voltado para uma enfermeira venezuelana e que, no fundo, ele não queria mais nada com ela, a persa. Havia terminado com ela, assim como ela com ele. Caberia a ela mudar-se para a casa desumana que ele projetara *contra ela*, atrás do cemitério e atrás da floresta, a casa mais horrorosa que ela era capaz de conceber. Restava-lhe apenas calar-se sobre tudo, persistir naquela contemplação embotada, sem sentido nem propósito, sem influência nenhuma no tocante a seu próprio futuro. O suíço havia levado a cabo seu plano contra ela e visando a dar a ela, sua companheira, a expressão claramente visível e naturalmente tangível de seu desejo de aniquilá-la. E tinha comprado o terreno porque este correspondia de forma ideal ao propósito dele de aplicar a ela, como lhe teria dito, a merecida pena pelo experimento que ela, a vida toda, teria feito com ele. Era o terreno mais repugnante que ele já vira. Comprara-o porque estava claro que não encontraria outro mais repugnante do que aquele. Agora eu tinha a explicação. O Moritz e eu havíamos achado o suíço louco por ele ter comprado o prado encharcado, mas ele não era nada louco, sabia muito bem o que estava fazendo ao comprar o prado encharcado. Agora explicava-se também o comportamento estranho e silente da persa quando a conheci. Não posso repetir tudo o mais que ela me disse na floresta de lariços, na qual, no auge de sua descarga emocional e intelectual, ela se sentara no toco de uma árvore, efetivamente enfurnada em seu casaco de pele de cordeiro. Parecia um animal, sentada ali no toco de árvore, derramando-se e, por fim, apenas chorando. Aquilo que a persa me mostrara ali, sentada no toco de árvore, não equivalia a meu próprio estado? A cena mais me enojou do que comoveu, e eu a incentivei a se levantar e ir para casa, o que nada mais significava do que voltar para a hospedaria. Nesse caminho de volta, pareceu-me que ela estivesse aliviada, e só pude comparar involuntariamente essa volta pela floresta de lariços com meu retorno da casa do Moritz alguns dias antes. Aquilo que eu não pudera dizer então, porque não havia tido a possibilidade de fazê-lo, ela o disse enquanto caminhávamos para o vilarejo, a menos de cem passos da primeira casa, atrás da qual a hospedaria já se fazia visível: que eu a teria salvado. Fazia meses, talvez anos, que ela não falava com ninguém da forma como havia agora falado comigo, o que nada mais significava senão que havia meses, anos, que não encontrava uma pessoa com quem pudesse se abrir por inteiro, daquela forma mais desavergonhada e desconsiderada. Acreditou precisar me agradecer por meu comportamento diante daquela sua completa irrupção emocional e intelectual, e depois, de súbito, claro estava que queria ficar sozinha. Voltei para casa a um só tempo assustado e completamente desiludido. Já no dia seguinte fui buscá-la de novo para, outra vez, ir com ela à floresta de lariços. Agora, depois da bem-sucedida desinibição emocional e intelectual da véspera, a disposição dela era outra, bem diferente, equivalente à minha depois de meus excessos diante do Moritz alguns dias antes. Pudemos, então, ter uma conversa tranquila, aliás uma conversa sobre Schumann, que ela conhecia bem e, o que me deixou profundamente surpreso e feliz, com quem estava bastante familiarizada. Também ela amava Schumann, também ela possuía a capacidade de ler uma partitura e de ouvir música da maneira mais completa a partir apenas do estudo da partitura. Assim, tínhamos de súbito um tema de fato ideal a nosso estado, no qual podíamos avançar a passos largos em nossas cabeças, isto é, em nossos pensamentos, animando-nos, incentivando--nos e entusiasmando um ao outro. De repente, o opressivo havia desaparecido, e ela exibia um estado de espírito tranquilo e propício ao pensamento. Também meu grau de liberação era muito semelhante ao dela. Agora, parecia verificar-se aquilo que eu desejara em meu primeiro encontro com a persa na casa do Moritz, ou seja, eu havia encontrado uma parceira ideal tanto no intelecto como em espírito naquela região sempre e apenas hostil ao intelecto e aniquiladora do espírito. Naturalmente, eu não tinha me esquecido de tudo que ela dissera de si na véspera e que nada mais havia sido do que *o inquietante* num ser humano, mas aquilo me preocupava tão pouco naquele momento quanto preocupava a ela, enquanto chamávamos atenção um do outro para novas belezas, peculiaridades, para a franqueza e a honestidade na música de Schumann. Foi uma caminhada absolutamente *musical*. À diferença da do dia seguinte, em que fizemos uma caminhada absolutamente *filosófica*, impulsionada, como era natural, por *O mundo como vontade e representação*. Eu, contudo, poderia agora muito bem caracterizar a primeira caminhada como *filosófica*, e a segunda como *musical*, filosofia é música, música é filosofia e vice-versa. É bom estar em companhia de alguém para quem nossos próprios conceitos são tão claros e decisivos como para nós mesmos. Eu de repente tinha na persa uma pessoa assim, surgida por pura sorte, alguém que, pensei, devia ao Moritz, como tanto do que havia me salvado nos últimos anos. A partir dali, não se passou um dia sem que eu fosse buscar a persa na hospedaria para darmos uma caminhada. Nos fins de tarde e princípios de noite de cada um desses dias, a floresta de lariços era nosso refúgio. O suíço quase sempre estava na Suíça, ou, quando estava na Áustria, ocupava-se da construção da casa. O abandono da companheira, ele o levou a cabo da maneira mais consequente. Uma vez tendo eu entrado em contato com a persa e intensificado mais e mais esse contato, estabelecendo com ela de fato uma relação emocional e intelectual, ele abriu mão por completo da aparência de harmonia entre os dois e, já pelo fim de novembro, depois de uma visita à Suíça, não voltou mais para junto da companheira. Transferiu para ela uma boa soma em dinheiro, não sei dizer quanto, e nunca mais deu notícia. Por essa época, a persa parou em definitivo de contar com ele. Adaptar-se à natureza crua e gélida de uma região tão inóspita, isso não lhe foi possível. É provável que nem tenha feito qualquer tentativa nesse sentido. As pessoas aqui lhe pareceram o que na verdade são: maldosas e aniquiladoras com relação aos estranhos. Segundo a proprietária, na hospedaria a persa naturalmente sempre ficava sentada sozinha em seu canto, bebendo chá, apertando cada vez mais contra si o casaco de pele de cordeiro, com medo constante de congelar. Claro estava para nós dois que tampouco as caminhadas pela floresta de lariços eram uma solução, nem para ela, nem para mim. Depois de algum tempo, passamos a fazê-las apenas a intervalos cada vez maiores. Por fim, ambos obstinados, cada um à sua maneira e cada um contando apenas consigo próprio por tempo demasiado, fomos desgastando pouco a pouco os temas de nossas conversas até simplesmente esgotá-los. Em dezembro, ainda nos encontrávamos uma vez por semana. De repente, tornou-se insuportável para mim precisar vê-la volta e meia em seu casaco preto de pele de cordeiro, eu não podia mais ver aquele casaco preto de pele de cordeiro. De súbito, tampouco suportava a voz dela, e é possível que ela se sentisse da mesma forma em relação a mim. É incrível a rapidez com que mesmo o melhor dos relacionamentos, quando dele demandamos algo além de suas forças, se desgasta e, por fim, se esgota. Agora, quando nos reencontrávamos, era apenas um reencontro indesejado de ambas as partes em que, cara a cara, depreciávamo-nos um ao outro e a tudo o mais. Fazia tempo que não conversávamos mais sobre Schumann e sobre Schopenhauer, sobre música e sobre filosofia, vivíamos apenas um período duplamente devastador de depressão apática e de acusações a tudo e todos. Decidimos não nos ver mais, mas quando eu pensava que ela morava sozinha naquela hospedaria, numa região que não conhecia e que, por natureza, só podia ser-lhe assustadora ou no mínimo um incômodo constante, e ainda por cima entre pessoas que a rejeitavam por burrice e brutalidade, eu então ia, sim, visitá-la ali e a encorajava a uma caminhada pela floresta de lariços, em geral contrariando meus próprios sentimentos. De repente, aquela pessoa se tornara estranha para mim, tinha se distanciado em tudo e por tudo de meu intelecto e de meus sentimentos. Agora, sua presença me atrapalhava, eu tinha a sensação de que poderia de novo trabalhar, *me ocupar dos anticorpos*, se ela não estivesse ali. Assim, ela de súbito me paralisava, razão pela qual eu evitava o contato com ela. Um dia, pretendendo ir visitá-la outra vez na hospedaria, descobri por meio da proprietária que ela havia se mudado para a casa cuja construção seu companheiro nem bem terminara, atrás do cemitério e da floresta, não aguentara mais a hospedaria, deu-me a entender a proprietária, inclusive por razões financeiras. Ela, a proprietária, estava feliz que a persa tivesse ido embora, até porque esta já a importunava havia muito tempo e pouco lhe rendia, uma vez que não consumia nada além de chá. Mesmo os cigarros, que fumava sem parar, não os comprava dela, e sim na venda, de forma que, nos últimos tempos, ela, a proprietária da hospedaria, só odiava aquela *pessoa*, como por fim designou a persa. Era-lhe, a ela, à proprietária da hospedaria, incompreensível o que aqueles, em última instância, *estrangeiros inferiores* como a persa, cujo homem havia fugido *por boas razões*, pretendiam naquela região. Ela, a proprietária da hospedaria, chamara a persa de *gentalha*, embora atestasse que o companheiro era um homem de bom senso, não lhe era antipático, mas era-lhe, sim, um mistério como um *homem decente e culto* como aquele havia podido se juntar a uma *pessoa inútil* como a persa. Só um degenerado como eu, disse a proprietária com sua franqueza inata, podia se aproximar de uma pessoa como aquela. Ainda uma vez antes que eu saísse da hospedaria para ir visitar a persa em sua casa, a proprietária referiu-se a ela como *gentalha avessa à luz do sol e ao trabalho*. O que encontrei a seguir foi isto: a meio caminho entre a floresta e a casa da persa, veio em minha direção uma ambulância branca, e eu de imediato pensei que aquela ambulância com a cruz vermelha na frente transportava a persa. Assustado, ainda me detive quando a ambulância passou por mim, mas a um melhor exame revelou-se que, embora a ambulância fosse de fato uma ambulância, ela, assim supus, tinha sido transformada pelo Moritz num veículo normal de carga utilizado para transportar cimento, dentro do qual seguiam dois trabalhadores que, claro estava, o conduziam pelo cascalho e pelo pântano da floresta em estado de embriaguez, como pude ver de pronto. Reconheci os dois como trabalhadores de etnia alemã que o Moritz contratara para serviços de construção civil e supostamente pusera à disposição da persa para dar prosseguimento ao trabalho na casa. Meu temor de que algo pudesse ter acontecido a ela não se verificou. A casa, como vi de imediato, estava num estado catastrófico indescritível: ainda semiacabada, erguia-se no meio do pântano já relegada ao desleixo e à ruína, metade dela tomada por altas ervas daninhas, um odor fétido tendo se espraiado ao seu redor. Todas as janelas estavam fechadas e, quando bati na porta, ninguém atendeu. Mas eu estava autorizado a supor que a persa estava em casa e bati na porta várias vezes, bati até ouvir barulho lá dentro. Diante da casa, a vista estendia-se numa única direção, e mesmo nesta quase não se via coisa alguma. A floresta envolvia três quartos da construção. A umidade enegrecera as paredes, e os alicerces ainda nem haviam sido cobertos por completo. Parecia que os trabalhadores tinham interrompido o trabalho de repente, um monte de ferramentas jazia ainda em meio à sujeira. Então, passado um bom tempo, a persa enfim me abriu a porta. Naturalmente, eu havia aparecido de surpresa, ela nem sequer pensara que era eu quem batia na porta. Acreditara que os trabalhadores de etnia alemã, que haviam partido na ambulância adaptada, tinham esquecido alguma coisa. Eu me espremi para dentro pela porta entreaberta e a segui até seu quarto, tão logo ela tornou a trancá-la. "Quarto", porém, decerto não é bem a designação adequada para o cômodo ao qual ela se recolhera. Estava evidente que se tratava do espaço mais minúsculo na casa toda, localizado no piso térreo e na verdade inteiramente inabitável, mas por cujo piso ela deitara dois ou três colchões recobertos com um lençol cuja imundice me chamou atenção de imediato, apesar da pouca luz, da quase escuridão no cômodo. Tão logo entramos ali, naquele ar horroroso, viciado e úmido, a persa se deitou no colchão, agora embrulhada num comprido robe de flanela em que já não se diferenciava a estampa florida da sujeira, e me convidou a tomar assento numa poltrona ao lado da única janela. Sentei-me e chamaram-me atenção a decadência e o desleixo do quarto, na verdade a imundice deliberada que reinava em tudo ali. Por causa da escuridão, eu não pudera ver o rosto da persa, mas, ao entrar no cômodo, havia tido a impressão de que ela emagrecera muito e adquirira uma tonalidade acinzentada. Ao lado da cama, na cabeceira, erguiam-se duas mesinhas nas quais se empilhavam apenas remédios, todos eles soníferos, creio eu. Ela estava ali fazia duas semanas, disse-me, enquanto eu observava concentrado as caixas de remédios e a mala ainda não desfeita, e, naquelas duas semanas, não tinha saído de casa. Tampouco tinha a intenção de sair de novo. Não comia nada, disse, só bebia chá e seu único desejo era dormir. E como tomava soníferos cada vez mais fortes e em quantidade cada vez maior, de fato sempre conseguia adormecer. Só acordava para tomar mais soníferos, acrescentou. A janela sem cortina, constatei, ela cobrira com uma lona branca acinzentada, que provavelmente não abrira ao longo daquelas duas semanas. Tinha uma grande lata de chá ainda pela metade, e aquilo lhe bastava, disse. Não aguentara mais as pessoas na hospedaria. Aquela gente lhe era repulsiva. Por um momento, mas aquilo fazia já muito tempo, acreditara que poderia retornar a sua terra natal, a Pérsia. Ou que poderia ir para a Grécia, onde tinha amigos, mas desistira daquela ideia. De mim, disse, esperara salvação, mas também eu a havia decepcionado. Assim como ela, prosseguiu, eu era uma pessoa perdida, em última instância aniquilada, era o que ela sentia e sabia, ainda que eu não o admitisse diante dela. E, de uma pessoa assim, não podia provir salvação alguma. Pelo contrário: alguém assim só poderia afundá-la ainda mais na falta de perspectiva e de esperança. E, depois de um silêncio mais prolongado, disse apenas mais duas palavras, *Schumann, Schopenhauer*, e tive a impressão de que sorriu ao dizê-las, mas, depois, tornou a se calar por um longo tempo. Ela havia tido de tudo, ouvira e vira de tudo, já era o bastante, disse. Não queria ouvir mais coisa alguma de ninguém. Sentia enorme repulsa pelas pessoas, toda a sociedade humana a decepcionara profundamente e a deixara sozinha com sua decepção. Não teria feito sentido dizer alguma coisa, de modo que eu apenas a ouvia com atenção, sem dizer nada. Em nossa segunda caminhada pela floresta de lariços, eu teria sido a primeira pessoa, disse ela, a conseguir lhe explicar de forma clara e resoluta o conceito de anarquia. *Anarquia*, disse ela, e nada mais, voltando a ficar em silêncio. Um anarquista é apenas alguém que pratica a anarquia, eu havia dito a ela na floresta de lariços, segundo ela me lembrava agora. *A anarquia é tudo numa mente intelectual*, acrescentou, citando outra vez uma de minhas frases. A sociedade, qualquer que seja ela, precisa sempre ser revirada e abolida, ela disse ainda, e de novo era uma frase minha. Tudo que é é ainda mais assustador e pavoroso do que como você descreve, ela disse. Você tinha razão, ela disse, as pessoas aqui são maldosas e violentas, e este é um país nefando e desumano. Você está perdido, assim como perdida estou eu, ela disse. Pode fugir para onde quiser. Sua ciência é uma ciência absurda, como toda ciência. Você não ouve o que diz? — perguntou. Foi você mesmo quem disse isso tudo. *Schumann e*

Schopenhauer não lhe dão mais nada, isso você tem de admitir. Naturalmente, você fracassou em tudo o que fez na vida, que gosta tanto de chamar de *existência*. É uma pessoa absurda. Eu ainda a ouvi por algum tempo, depois não aguentei mais e me despedi. Lá fora, no meio da floresta, ainda repeti para mim mesmo em voz alta a última coisa que ela havia dito: *Não me visite mais, me deixe só*. A despeito de todas as minhas resistências, ative-me àquele seu desejo. Não a visitei mais. Durante um longo tempo, nada mais soube dela. No começo de fevereiro, exatamente no dia 17, um dia depois do meu aniversário, topei com uma notícia muito curiosa no jornal, que de pronto mexeu comigo: com a provável intenção de suicidar-se, uma estrangeira, a nota não precisava sua origem, tinha se atirado na véspera debaixo de um caminhão carregado de várias toneladas de cimento nas proximidades de Perg, na região de Mühlviertel, na Alta Áustria. De imediato, só pude pensar na persa. A coisa óbvia a fazer era ir visitar o Moritz para saber dele se minha suspeita tinha algum fundamento. Ele estava informado da desgraça, mas não tinha conhecimento dos detalhes. Dez, onze ou doze dias mais tarde, ficou sabendo do seguinte: um dia, a persa vestira seu casaco de pele de cordeiro e atravessara a floresta em direção ao centro do vilarejo, onde embarcara num ônibus para Linz e, depois, no trem para Perg. O que queria lá, não se sabe. Em Perg, segundo o Moritz, depois de desembarcar do trem, sentara-se no restaurante da estação e bebera uma xícara de chá quente. Depois, pagara, se levantara e correra bem na direção do caminhão que naquele momento passava diante do restaurante com várias toneladas de cimento. O corpo ficou horrivelmente despedaçado. O Moritz descobriu ainda que, catorze dias depois do acidente, como ninguém soubesse quem ela era e de onde vinha, haviam-na enterrado numa vala comum do cemitério de Linz. Ele, o Moritz, *apenas duas semanas após o sepultamento*, já não conseguira saber da administração do cemitério nem mesmo em que vala. Depois, uma vez tendo conseguido informar as autoridades sobre a identidade da falecida, comunicara a desgraça ao companheiro dela, o suíço. Este, contudo, não esboçara qualquer reação. Ao sair da casa do Moritz, vi lá embaixo, na entrada, ao lado de seu próprio sobretudo cinzento de inverno, o casaco preto de pele de cordeiro da persa pendurado na parede. As autoridades haviam entregado o casaco ao Moritz. E, com ele, a bolsa dela. Dois dias depois, quando fui à casa no prado encharcado, abandonada por completo, nem bem concluída e já em ruínas, lembrei-me de ter comentado com a persa, em uma de nossas caminhadas pela floresta de lariços, que hoje em dia muitos jovens se suicidavam e que era inteiramente incompreensível à sociedade na qual esses jovens eram forçados a existir por que motivo eles o faziam, e lembrei-me também, de chofre e bem à minha maneira inescrupulosa, de ter perguntado se ela própria se mataria algum dia. Ao que ela então apenas riu e disse: *Sim*.

ESTA OBRA FOI COMPOSTA PELO ACQUA ESTÚDIO EM MERIDIEN
E IMPRESSA PELA GRÁFICA PAYM EM OFSETE SOBRE PAPEL PÓLEN BOLD
DA SUZANO S.A. PARA A EDITORA SCHWARCZ EM JUNHO DE 2023

A marca FSC® é a garantia de que a madeira utilizada na fabricação do papel deste livro provém de florestas que foram gerenciadas de maneira ambientalmente correta, socialmente justa e economicamente viável, além de outras fontes de origem controlada.